Rabindranath Tagore (1861-1941) ist der bedeutendste Dichter des modernen Indien. In Kalkutta in einer wohlhabenden, kulturell einflußreichen Familie geboren, betätigte er sich von Jugend an als Lyriker, Erzähler und Essayist, als Dramatiker, Schauspieler und Regisseur, als Komponist und Sänger. Später gründete er auf dem Lande, in Santiniketan, eine Schule, entwickelte eine ganzheitliche Pädagogik und beteiligte sich an der indischen Unabhängigkeitsbewegung. Als er 1913 als erster Asiate den Nobelpreis für Literatur erhielt, begann seine internationale Wirkung. Auf langen Weltreisen traf er die Großen seiner Zeit und engagierte sich für die Völkerverständigung. Dreimal besuchte er auch Deutschland.

Tagore hat bis ins hohe Alter Liebesgedichte geschrieben und Liebeslieder komponiert. Sie umfassen sämtliche Stimmungen und Stile: von romantischen Liedern, die stark von der Bilderwelt des Radha-Krishna-Mythos leben, bis hin zu verehrungsvollen Hymnen, Spottgedichten, realistischen Erzählgedichten, aphoristischen Kurzgedichten und zweifelnder Alterslyrik, hat Tagore die Liebe unentwegt und vielgestaltig evoziert.

Zum ersten Mal wird eine Auswahl seiner Liebesgedichte und -lieder in Direktübersetzungen aus dem Bengalischen vorgelegt. Der Übersetzer, Martin Kämpchen, lebt seit über zwanzig Jahren an Tagores Wirkungsstätte Santiniketan, übersetzt dessen Lyrik und erforscht seine Beziehungen zu Deutschland. Mit Kurzeinführungen und Anmerkungen zu jedem Gedicht erschließt Kämpchen den geheimnisvollen Kosmos von Tagores Lyrik für den deutschen Leser.

insel taschenbuch 2988

Rabindranath Tagore

Liebesgedichte

Rabindranath Tagore
Liebesgedichte

Ausgewählt und
aus dem Bengalischen übertragen
von Martin Kämpchen

Insel Verlag

Umschlagabbildung: Miniatur, um 1850.
Rajasthan Government Museum, Alwar

insel taschenbuch 2988
Originalausgabe
Erste Auflage 2004

Vertrieb durch den Suhrkamp Taschenbuch Verlag
Umschlag: Michael Hagemann
Satz: Hümmer GmbH, Waldbüttelbrunn
Druck: Druckhaus Nomos, Sinzheim
Printed in Germany
ISBN 3-458-34688-0
ISBN 978-3-458-34688-3

3 4 5 6 7 8 – 11 10 09 08 07 06

Gedichte

Der Gefangene

Weg, Freundin, nimm deine Arme weg, die mich
umzingeln.
Deiner Küsse reichen Wein trink ich nicht mehr.
Die Luft in diesem Blütenkerker ist so drückend schwer.
Nimm weg, nimm weg die Last von meiner Seele.
Wo ist der grenzenlose Himmel, der Morgenröte Licht?
Diese pausenlosen Vollmondnächte – ich mag sie nicht!
Du willst mit deinen losen Haaren mich umschlingen –
ausbrechen will ich – wie kann's mir nur gelingen?
Mit deiner Hände aufgeregtem Suchen, Tasten, Fassen
hast du mich tief in deine Falle sinken lassen.
Nachts blick ich ins Leere hinein
und finde das starre Lächeln des Mondes allein.
Ach, halte mich nicht fest. Freiheit ist mein Segen.
Erst mein erlöstes Herz kann ich zu deinen Füßen legen.

Unendliche Liebe

Dich hab ich, mir scheint, geliebt in vielen Gestalten
so viele Male,
wieder und wieder in jedem Leben, wieder und wieder
in jeder Epoche.
Ewige Zeiten hat mein betörtes Herz dir Lieder zu Kränzen
gewunden,
die du, Viel-Gestaltiger, als Gabe empfangen und um
den Hals getragen hast,
wieder und wieder in jedem Leben, wieder und wieder
in jeder Epoche.

Nachdem ich diese uralte Geschichte von den Qualen
langwährender Liebe
immer wieder vernahm, diese Sage von Trennung und
früher Verbindung,
und ich tief und tiefer in unendliche Vorzeit blickte,
da erschien zuletzt,
wie das Licht des sich allerinnernden Polarsterns,
der das uranfängliche Dunkel durchdringt, dein Bild.

In der Strömung unserer gemeinsamen Liebe trieben wir,
entsprungen aus der Quelle anfangloser Zeit,
wir spielten inmitten hunderttausend Liebender unser
Spiel der Liebe,
mit ihnen kosteten wir Tränen der Trennungsqual und
den Honig

scheuer Verbindung. Uralt ist diese Liebe, die in stets
neuer Verkleidung erscheint.

Heute hat sich diese ewigwährende Liebe in dir erfüllt
und ergießt sich zu deinen Füßen in neuen Schwällen.
Des Kosmos' Ergötzen, des Kosmos' Betrübnis,
des Kosmos' tiefste Liebe
fließt ein in unserer einen Liebe, die aller Liebe Samen
trägt,
und aller Zeiten, aller Dichter Lied.

Der erste Kuß

Rundum senkte der Himmel verstummend die Lider,
auch aller Vögel Gesang erstarb.
Der Wind machte Frieden, und das Wassermurmeln
riß ab. Im Wald verschmolz das Rascheln
mit dem Waldesherzen unmerklich.
Am menschenleeren Ufer des ruhigen Flusses
fielen lautlos die Abendschatten herab
auf den reglosen Himmel und die stille Erde.
Als wir am Fenster standen, wortlos – allein,
da gaben wir uns den ersten Kuß.
Augenblicklich begannen überall die Seemuscheln
in den Tempeln zum Abendgottesdienst zu blasen.
Zahllos waren die Sterne, die erschauernd blitzten,
während sich unsere Augen mit Tränen füllten.

Entschluß

Nein, kein Asket mag ich sein, nein, nein,
sagt, was ihr wollt, ihr Leute.
Ein Asket, das mag ich nie und nimmer sein,
es sei, ich fände ein Asketenfräulein.
Mein Entschluß ist stark und fest,
wenn im Wald sich finden läßt,
keine Frau nach meinem Sinn,
kann mich keiner zum Asketen machen, nein, nein,
ohne ein Asketenfräulein.

Mein Haus verlaß ich nicht, nein, entsage nicht
wie Bettelmönch und Büßer,
wenn da draußen niemand lacht,
ein Lachen, das die Welt vergessen macht.
Kann ich keine blauen Saris sehen,
wie sie munter im Winde wehen,
kann ich keinen Glöckchen lauschen
und mich an ihrem Klang berauschen,
wird mich keiner zum Asketen machen, nein, nein,
ohne ein Asketenfräulein.

Nein, kein Asket mag ich sein, ich schwör es, nein,
wenn nicht die Asketenkraft
mir eine neue Welt erschafft,
in einem Herzen neu und rein.
Wenn durch meiner *bīnā* Melodie
nicht aufspringt die Tür und weckt,

was da liegt im Innern versteckt;
wenn ich nicht in einem Augenblick die Welt
versteh, wie sie zusammenhält,
mag ich kein Asket sein, nein, nein –
krieg ich kein Asketenfräulein.

Fragen an die Liebe

Ist das also alles wahr,
du mein allzeit Geliebter?
Daß der funkelnde Glanz in meinen Augen
die Regenwolken deines Herzens sprengt und vertreibt? –
ist das wahr?
Daß meine Honiglippen rot sind wie die Wangen einer
Braut –
du mein allzeit Geliebter,
ist das wahr?

Daß in mir ein ewiger Himmelsbaum aufgeblüht ist,
daß meine Schritte wie die Melodie von *bīnās* klingen –
ist das wahr?
Daß die Nacht den Tau hinabregnet, sobald sie mich
erblickt,
und das Morgenlicht mich in seinem Jubel umarmt –
ist das wahr?
Daß der Wind trunken wird, wenn er meine heißen
Wangen berührt –
du mein allzeit Geliebter,
ist das wahr?

Daß der Tag sich im Dunkel meiner Haare verbirgt,
daß du, in meinen Armen gefesselt, vergehst vor Seligkeit –
ist das wahr?
Daß mein Sarizipfel die Erde ganz umhüllen kann,

daß beim Lied meiner Kehle die Welt verstummt und
lauscht –
ist das wahr?
Daß in dieser Welt nur wir zwei, mein Liebling und ich,
bestehen, –
du mein allzeit Geliebter –
ist das wahr?

Daß deine Liebe, von frühster Zeit, nur mich erwartend,
von einer Welt zur andern zog, einzig bereit für mich –
ist das wahr?
Daß meine Stimme, meine Augen, meine Lippen, meine
Locken
im Nu dir deines Lebens letzten Sinn geschenkt hat –
ist das wahr?
Daß auf meiner sanften Stirn unendliche Wahrheiten
stehen –
du mein allzeit Geliebter,
ist das wahr?

Gebet

In meinem Haus ist sie nicht mehr, nimmer mehr,
suchen ging ich, fand sie nicht, das Haus ist leer.
Mein Haus, Herr!, ist so winzig klein,
was darin verlorengeht, das ist verloren.
Doch dein Haus ist unendlich, es umfaßt die Welt,
Herr, es zu suchen kam ich zu dir.
Unter diesem Abendhimmel bin ich stehngeblieben,
ich blicke auf zu dir mit Tränen.
Wo kein Blick, kein Glück, kein Hoffen, kein Begehr
je mehr vergeht,
dahin hab ich mein wundes Herz gebracht –
da tauch, tauch, tauch es tief hinab!
Nicht länger fließt in meinem Haus dies Elixier;
doch in der Welt, wo es verloren war,
da schmeck ich's wieder, wunderbar.

Allein

Schlafe ein, heute darfst du schlafen – ich halte Wacht
mit brennender Lampe an deiner Tür.
Deine Liebe ist vollendet. Doch ich bin allein
mit meiner Liebe zu dir.
Nie mehr wirst du dich schmücken für mich –
ich aber will ab heute
mein Herz für dich mit Blumen schmücken
bei Tage und bei Nacht.

Deine Hände haben mir gedient, ach wie lange Zeit! –
auch an müden und an trüben Tagen.
Ich hebe sie heute aus ihrer Arbeit empor und
lege sie segnend auf meine Stirn.
Leib und Seele hingeschenkt, hast du nun beendet
deinen Gottesdienst und gehst davon.
Mit Tränen und Liedern beginnt an diesem Tag
mein Gottesdienst für dich.

Zuneigung

Wär ich nicht dein liebes Kind,
sondern nur ein kleiner Hund
und berührte deinen Teller mit dem Mund,
würdest du dann zornig auf mich sein?

Ehrlich, Mama, sage mir,
flunker mich nicht an –
würdst du sagen: »Raus mit dir!
Woher kommt denn dieses Tier?«

Laß mich, Mama, laß mich los,
ich will weg von deinem Schoß.
Von deiner Hand eß ich nicht mehr,
deinen Teller eß ich nicht leer.

Wär ich nicht dein liebes Kind,
sondern wär dein Papagei,
würdst du mich ans Kettchen binden,
denn ich könnte sonst verschwinden?

Ehrlich, Mama, sage mir,
flunker mich nicht an –
würdst du sagen: »Aufgepaßt, der dumme Papagei
macht sich sonst von seiner Kette frei.«?

Laß mich also runter, Mama,
denn du liebst mich nicht mehr, Mama.
Von deinem Schoß will ich heraus,
ich gehe in den Wald, ich reiße aus!

Abschied

Ich lass' dich allein, ganz allein.
Wenn du am Morgen mit leerem Schoß
mich rufst: »Kindlein, wo bist du bloß?«
werd ich sagen: »Nein – da ist kein Kindlein.«
Mama, ich lass' dich allein.

Im Winde werde ich als Wind
wehen, Mama, anrühren deine Brust gelind –
mit deiner Hand kannst du nicht fangen mich.
Im Wasser werd ich, Mama, eine Welle sein,
damit niemand erkennen kann dein Kindlein –
werde mit dir spielen, wenn du badest dich.

Wenn der Regen von dem Himmel rinnt,
wachst du nachts und denkst an dein Kind.
Mein Lied will ich in Schauern von jenem Walde singen.
Von den Wolken durch das Fenster werde ich
im Leuchten des Blitzes besuchen dich –
wird dann in deinem Sinnen mein Lachen erklingen?

Mama, wenn des Kindleins wegen
nachts noch spät du wach gelegen,
werde ich ein Stern und sag: »Schlaf ein.«
Bist du eingeschlafen dann,
tret ich als Mondschein an dein Bett heran –
auf deinen Augen werden meine Küsse sein.

Durch den Schlitz der Augen werde ich
als Traum besuchen, Mama, dich
und leben in deinem Schlafe mittendrin.
Erwachend wirst du mit der Hand
in falscher Hoffnung tasten an des Bettes Rand –
verschwinden werde ich, wer weiß wohin.

Wenn zur Festtagszeit vor unserm Haus
viele Kinder spielend rennen ein und aus,
wirst du sagen: »Nein – Kindlein ist nicht da.«
Ich will dann in Flötenmelodien
durch den Himmel auf und nieder ziehen –
und bei dir sein, in jeder Arbeit fern und nah.

In der Hand ein Festtagshemd für mich
kommt und fragt die Tante dich:
»Wo ist dein Kindlein hingegangen?«
Sag dann: »Kindlein kann doch nicht verschwunden sein!
In den Sternen dieser Augen mein
wohnt es, im Schoß, in meiner Brust gefangen.«

Warum du so liebenswert bist

Leg ich buntes Spielzeug in deine rosige Hand,
dann versteh ich, Kind, warum am Himmelsrand
morgens rot die Wolken glühen,
im Wasser Farben aufwärtssprühen,
warum ich auf den Blättern so viele Farben fand –
seh ich buntes Spielzeug in deiner rosigen Hand.

Wenn du tanzend lauschst auf meine Lieder,
dann weiß ich im eigenen Herzen wieder,
warum Blätter im Wind
rauschen und rascheln gelind,
warum die Welle wogt auf und nieder –
das weiß ich, wenn du lauschst auf meine Lieder.

Seh ich nach Sahne deine Händchen gieren,
und du willst sie über Mund und Finger schmieren,
habe ich wieder den Grund entdeckt,
warum Wasser so köstlich schmeckt,
warum die Früchte schwer die Honigsüße spüren –
seh ich nach Sahne deine Händchen gieren.

Küß ich dein kleines Gesicht ganz leicht,
dann weiß ich, wenn mich dein Lächeln erreicht,
mit welcher Freude die Sonne ihr Licht
strahlt auf mein Angesicht
und der Wind mich mit Labsal umstreicht –
das weiß ich, küß ich dein kleines Gesicht ganz leicht.

Śāh-Jāhān

Eines wußtest du, Gebieter Indiens, Śāh-Jāhān:
Leben, Jugend, Reichtum, Ehre
treiben in der Strömung der Zeit davon.
Dein einziges Streben war es darum,
das Leid deines Herzens unsterblich zu machen.
Mag des Königs Stärke, streng wie Donner,
in Schlummer sinken
wie das Abendrot in die Nacht;
ein tiefer Klagelaut
soll nur ewig schwingend
den Himmel mit Trauer füllen,
das war deine Sehnsucht.
Der Überfluß von Perlen, Rubinen, Diamanten
ist wie die Zauberfarben
des Regenbogens über dem weiten Horizont;
mag er schwinden –
doch bleiben soll die
eine Träne auf der Wange der Zeit,
weiß und glänzend hell:
dieser Tāj Mahal.

O Menschenherz,
keine Zeit hast du,
wieder und wieder
auf jemand zurückzublicken,
keine Zeit.
Ständig drängt dich des Lebens rasche Flut

von Landeplatz zu Landeplatz
und Wochenmarkt zu Wochenmarkt;
an einem lädst du auf, am andern lädst du ab.
In deinen Gärten verlockt der wispernde Südwind
auf einmal die Frühlingsblüten der *mādhabī*,
aufblühend deinen bebenden Schoß
zu füllen –
kommt die Dämmerung: zerrissen
die Blütenblätter, im Staub zerstreut.
Keine Zeit!
Sobald die taubedeckten Nächte kommen,
treibst du die *kunda*-Blumen deines Hains
in die Blüte, um mit Freudentränen
den Korb des Herbstes zu füllen.
Ach Herz,
was du gesammelt:
sind Tag und Nacht vorbei, muß es doch
fallen und verlorengehen.
Keine Zeit, zurückzublicken,
keine Zeit, keine Zeit.

Du Herrscher, dein gequältes Herz hat versucht,
die Zeit zu bezaubern
durch die Betörung der Schönheit.
Um den Nacken des Todes den Kranz: Wie herrlich
hast du ihn, den Ungestaltigen,
mit unsterblicher Schönheit geschmückt!
Unmöglich,
ewig zu trauern;
darum hast du dein rastloses Weinen

ins Netz immerwährenden Schweigens gezwungen.
Bei Mondschein hast du
der Geliebten in verschwiegenen Kammern
Kosenamen zugeflüstert – diesem vertrauten Wispern
lauscht hier
das Ohr der Ewigkeit.
Die wehmütige Zartheit der Liebe ist
– wie eine Fülle von Blumen so schön! –
in den stummen Steinen aufgeblüht.

Du königlicher Dichter,
dies ist das Abbild deines Herzens,
dies dein neues »Meghdūt«,
das sich in gewaltig-wundersamen Rhythmen
und Melodienbögen
hin zum Unsichtbaren
aufschwingt:
wo deine vereinsamte Geliebte
verwoben bleibt
mit dem fahlen Licht des frühen Morgens
und dem Klagen des matten Abendhimmels
und der Anmut der im Vollmond verklärten
cāmelī-Blüten;
wohin keine Sprache dringt,
von wo sehnsüchtig spähende Augen umkehren.

Diese Schönheit trägt durch alle Zeitalter,
den Wachtposten der Zeit ausweichend,
die eine wortlose Botschaft:

»Dich vergeß ich nicht, Geliebte,
ich vergeß dich nicht!«

Du lebst nicht mehr, Geliebter;
wie ein Traum ist dein Reich verschwunden,
dein Thron zerborsten;
der Marschschritt deines Heers
schüttelte die Erde –
die Erinnerung an ihn ist jetzt wie der Wind,
der Delhis Straßenstaub aufwirbelt.
Die Hofsänger intonieren keine Lieder,
das Festorchester mischt seine Melodien
nicht mehr mit den Wellen der Yamunā.
Die Fußketten der Frauen klingen nicht länger
in deinem Palast,
aus dessen verfallnen Ecken
das Klagegeschrei der Zikaden den Nachthimmel
füllt.
Dein Bote jedoch ist makellos geblieben,
ewig wacht er;
erhaben über Aufstieg und Niedergang von Reichen,
erhaben über Auf und Ab von Leben und Tod,
verkündet er
von Epoche zu Epoche
standhaft dies Wort des ewig Getrennten:
»Dich vergeß ich nicht, Geliebte,
ich vergeß dich nicht!«

Lügen! Wer sagt, du hast nicht vergessen?
Wer sagt, du hast den Käfig
der Erinnerung nicht geöffnet?
Hält dein Herz das immer tiefer sinkende Dunkel
der Geschichte jetzt noch gebannt?
Ist es auch jetzt noch nicht in die Freiheit
des Vergessens entflohen?
Grabstätten bleiben reglos, wo sie sind, mitten
im Staub dieser Welt,
unterm Erinnerungsschleier bleibt der Tod
behutsam verwahrt.
Wer kann das Leben verwahren!
Jeder Stern am Himmel spornt es an.
Jeder Himmelsort, das Licht jedes neuen
Morgens ruft das Leben zu sich.
Den Knoten der Erinnerung
durchschneidend, eilt es fort
auf Erdenwegen, ungebunden.
König, kein Königreich kann je
dich fassen!
Die von Meeren umspülte Erde erfüllt dich,
Großer! nicht.
Darum wirfst du diese Welt
– wenn dieses Lebensfest sich neigt –
wie einen irdnen Becher
von dir.
Du bist größer als dein Ruhm;
das Leben schreitet darum voran und
läßt immer wieder deinen Ruhm
hinter sich zurück:

Deine Spur bleibt – du bist nicht mehr.
Diese Liebe, unbewegt und
nichts bewegend,
hat mitten auf dem Pfad
ihren Thron gebaut:
ihr Geplauder, ihre Spiele kleben
an deinem Fuß wie Straßenstaub –
du hast ihn abgeschüttelt, zurück zum Staub.
In diesem Staub hat dein Herz
ein Samenkorn gewebt,
das vom Kranz deines Lebens gefallen war.
Du bist weit vorangeschritten –
doch ist aus diesem Samen
ein unsterblicher Sproß
bis zu den Wolken emporgestiegen, um
feierlich dies Lied zu künden:
»So fern ich auch blicke,
dieser Wandrer ist nicht da,
nicht mehr da.
Die Geliebte hat ihn nicht zurückgehalten,
sein Königreich hat ihn freigegeben,
weder Meere noch Berge konnten ihn binden.
Heute zieht sein Gefährt
bei Sternengesang
im Sog der Nacht
dem Anbruch des Morgens entgegen.
Also bleib ich
und trage die Last des Erinnerns.
Der Lastbefreite ist nicht länger hier.«

Was soll ich dir schenken?

O Liebling, welche Gabe
soll ich dir schenken
so früh am Tage?
Einen Morgengesang?
In der Sonne heißem Gang
welkt wie eine Blume der Morgen.
Erschöpfte Lieder
schweigen wieder.

O Freund, was willst du an meiner Tür
so spät am Tage?
Was soll ich dir bringen?
Ein Abendlicht?
Die Lampe, die heimlich
im Winkel des stillen Hauses brennt?
Damit willst du unter die Menge gehen?
Ach, laß sein,
der Wind löscht den Schein.

Was in meiner Macht ist, zu geben,
seien es Blumen oder Ketten aus Gold,
warum willst du ihren schweren Genuß
annehmen, wenn
einmal später
alles dürr und fahl werden muß?
Was ich in deine Hände lege, rollt
von deinen Fingern sorglos in den Staub,

wo es liegenbleibt, vergessen
und zuletzt in Staub
zerfällt.

Laß dich lieber
in Mußestunden,
wenn du sinnend durch meinen Frühlingsgarten gehst,
von einem unbekannten, heimlichen Duft
entzücken
– und verwundert hältst du ein:
Dies Geschenk, das dich vom Weg gebracht,
das ist doch dein.
Und während du unter Bäumen wanderst,
überrascht dich
plötzlich die Schau –
wie vom dunklen Haar des Abends
zitternd gleitet ein roter Schein
und deine Träume verwandelt zu hellwachem Glück.
Dies Licht, die unerklärliche Gabe,
die ist doch dein.

Meine größten Schätze, die sind
nur Glanz und Flitter,
einmal erschienen, schwinden sie im Nu.
Unerkannt blenden sie hastig den Pilger –
mit klingenden Füßen eilen sie fort.
Wohin sie eilen, ich weiß es nicht –
dort reicht keine Hand hin, kein Wort.
Freund, was du von dort empfängst,
frei,

unbegehrt und unerkannt, diese Gabe allein
ist doch dein.
Gering ist, was ich dir geben kann –
eine Blume vielleicht, vielleicht einen Gesang.

Letzter Frühling

Bevor der Tag zur Neige geht,
soll sich mein Hoffen erfüllen:
Noch ein letztes Mal
wollen wir beide
die vielen Frühlingsblumen pflücken.
Dein Garten wird den Frühling noch
oft willkommen heißen;
schenke mir einen nur! An deiner Tür steh ich und bitte.

Zerronnen ist die Zeit ins Leere.
Zu lange hab ich in den Tag gelebt.
Plötzlich im Abendlicht
sah ich in deinen Augen,
daß meine Zeit schon bald vorüber ist.
Darum zähle ich meine letzten Frühlingstage geizig,
ängstlich zagend einen nach dem andern.

Sei nicht besorgt;
ich will in deinem blühenden Garten
nicht ohne Not verweilen
und nicht zurückschauen,
abends, wenn ich Abschied nehme.
In deinen Augen will ich keine Tränen suchen,
um dein Bild in mir auf ewig mitleidig zu bewahren.

Kehre nicht heim, höre, hör zu,
noch ist die Sonne nicht gesunken.
Wir haben noch Zeit,
die Zeit zu überlisten.
Sei unbeschwert und ohne Sorge.
Laß durch die dichten Blätter die Abendsonne auf
deinem schwarzen Haar noch eine Weile leuchten.

Lache hell und anmutig auf
in grundlos-unbekümmertem Entzücken;
am Ufer des Waldsees
sieh! das scheue Eichhörnchen
schreckt auf und läuft geängstigt fort.
Dir flüstre ich keine längst vergeßnen Worte ins Ohr,
damit ich deine ruhlosen Schritte nicht hemme.

Danach gehe rasch fort von hier
durch die trockenen, raschelnden Blätter,
während die Vögel heimwärts ziehen
und mit verworrenem Gezwitscher
den Abend in Aufruhr versetzen.
Tief im Schatten des Waldes verliert
sich deine Gestalt
und mischt sich mit der letzten
Flötenmelodie des Abends.

Wenn die Nacht tief geworden ist,
setze dich an dein Fenster und warte;
alles laß ich, Liebling, zurück

und gehe vor deinen Augen davon
und werde dich nie wieder sehen.
Wirf mir den welken Jasminkranz,
den du geflochten, zu;
das wird die letzte Berührung, dein Abschied, sein.

Fremde Blume

O fremde Blume, als ich dich fragte
»Wie heißt du?«,
hast du lächelnd den Kopf gewiegt –
und ich wußte, wie wenig an einem Namen liegt.
Im Lächeln, im Lächeln allein
blick ich in dein Wesen hinein.

O fremde Blume, als ich dich fragte,
an die Brust gedrückt: »Sag mir, sage:
Wo wohnst du?«,
hast du lächelnd den Kopf gewiegt –
»Wer weiß, wo meine Heimat liegt.«
Da spürte ich,
          wie sinnlos es ist zu fragen
          den Namen, du wirst ihn nicht sagen.
Wer dich zu lieben weiß,
in dessen Herz ist dein Ort;
wo sonst, nur dort.

O fremde Blume, flüsternd hab ich dich wieder gefragt:
»Welche Sprache sprichst du?«
Du hast nur lächelnd den Kopf geneigt,
beifällig raunten die Bäume weit und breit.
Ich sagte: »Gewiß, ich weiß,
die Botschaft deines Duftes erzählt
von der stillen Hoffnung, die du gewählt.

Mein Atem hat sich gefüllt
mit deinem Atem, deinem Wort.«

O fremde Blume, an jenem ersten Morgen kam ich
und fragte: »Kennst du mich?«
Du hast nur lächelnd den Kopf geneigt.
Belanglos ist's, dacht ich, zu wissen, wer ich bin.
Wissen aber sollst du, wie sehr mein Sinn
sich füllt bei deiner Berührung.
Niemand, o fremde Blume, kennt mich,
kennt mich besser als du.

O fremde Blume, als ich fragte: »Sage mir,
wirst du mich jemals vergessen?«,
hast du lächelnd den Kopf geneigt.
Ich weiß, ja, ich weiß, immer wieder, allezeit
wirst du an mich denken.
Nur ein paar Tage noch,
dann brech ich auf in ein fremdes Land.
Angezogen aus fernen Räumen,
wirst du mich schauen in deinen Träumen –
vergessen wirst du mich nie.

Gast

Meine Zeit des Exils hast du ausgefüllt, o Frau,
mit Nektar; wie schlicht hast du
dein eigen gemacht den fremden Wandrer,
so schlicht, wie vom Abendhimmel mich
unbekannte Sterne stetig, milde lächelnd
willkommen geheißen. Als ich am Fenster stand,
allein den südlichen Himmel betrachtend,
kamen aus der Höhe in mein Herz Harmonien
lichtvoller Worte; ich habe der Sterne
ernste Melodie gehört: »Dich kennen wir,
wir kennen dich. Vom Tag, als du aus dem Dunkel
zur Erde kamst, bist unser Gast du,
ewig unsres Lichtes Gast.«
Sterngleich blicktest auch du, gütige Frau,
mich an und sprachst in jener Melodie: »Dich
kenn ich doch, ich kenne dich.«
Deine Sprache versteh ich nicht, Frau,
doch hört ich deine Lieder:
»Der Dichter ist der Gast der Liebe –
ein Leben lang mein Gast bist du.«

Jener, der das Licht der Sterne entzündet
am Firmament,
fragt sich geduldig, wann auch in der Welt
das Licht zu brennen beginnt.

Solang der Frühling im Überschwang
der Blumen schwelgt,
ist Liebe ein Strom berauschenden Weines.
Wenn die Blüte erblüht und verwelkt,
ist Liebe die Speise der Seele.

Das aufschäumende Meer
weint mit Bangen;
der Kuß des stillen Himmels
ist sein Verlangen.

Letzter Honig

Verlaßt, ihr Bienen, die leergeschnittnen Felder –
der Frühling endet.
Das ruft der Wind und wendet selbst sich ab.

Fliegt, Bienen, flieht heim, die Blätter fallen, fallen.
Ermattet streckt die Erde ihr Lager unter den Bäumen aus,
nur vom *sajne*-Baum hängen noch Blumenzöpfe,
und alle Mangoblüten sind noch nicht gefallen.
Am Hainrand streuen *ākanda*-Bäume einen
Blütenteppich.
Fliegt, ihr Bienen, flieht heim, bald wird dürr und heiß
der Lebensatem,
und Geistertänze tanzen dann die abgelebte Zeit in
leeren Nächten.

Ich höre die Flöte unter den Bäumen ihr Abendlied
spielen.
Betupft eure Flügel mit den duftenden Pollen vergangener
Tage.
Füllt euch mit dem Blütennektar,
den der aufgezehrte Frühling übrigläßt.
Vom alten Jahr den späten Honig drängt in die neuen
Waben.
Fliegt, ihr Neujahrsbienen, flieht heim und zaudert nicht,
der Abschiedskorb fließt über mit der letzten Tage reichen
Gaben.

Noch zittern im Frühlingswind die Knospen des
dolan-cāmpā-Baums,
die das Feuer der Sommersonne aufreißen zur Blüte.
Was dem Jahr zu schenken bleibt,
saug jetzt auf und nimm es restlos an.
Zum Abschied soll sich alles im Schenkensrausch
verschwenden.
Fliegt, ihr Bienen, flieht heim, die ihr den heimlichen
Honig stehlt;
hingeben ganz will sich das Jahr am Tag, da es den Tod
erwählt.

Plötzliches Treffen

Plötzlich traf ich sie im Zugabteil,
ich hatte es nie für möglich gehalten.

Früher habe ich sie häufig gesehen
im Sari, der rot war
wie die Blüte des Granatapfels;
heute trug sie ein Tuch aus schwarzer Seide,
den Zipfel über den Kopf gelegt
und um das blumenschöne, blaßglänzende Gesicht
gewunden.
Mir schien, die schwarze Farbe schuf eine tiefe
Entrücktheit
rund um sie,
eine Entrücktheit wie das ferne Ende eines
Senfblumenfeldes,
das sich in der Bläue eines *śāl*-Waldes auflöst.
Abrupt stockten meine Gedanken.
Eine Bekannte sah ich unter der Bürde des Unbekannten.

Plötzlich ließ sie die Zeitung fallen
und grüßte mich mit gefalteten Händen.
Der Brauch der Gesellschaft erlaubte mir nun,
daß wir uns unterhielten.
»Wie geht es dir?«, »Was macht die Familie?«
Und so weiter.
Sie blickte weiter aus dem Fenster mit einem Blick,

als wolle sie die Erinnerung an die Tage der Nähe
vermeiden.
Knapp, ganz knapp waren ihre Antworten,
wenn sie überhaupt eine gab.
Sie sprach mit der Hast ihrer Hände:
Warum diese ganzen Worte?
Besser wär's, einfach zu schweigen.

Ich saß auf einer anderen Bank,
neben ihren Gefährtinnen.
Schließlich winkte sie mich mit dem Finger zu sich.
Ich dachte: Nicht wenig Mut hat sie!
Ich setzte mich auf ihre Bank.

Im Schutz des Zuglärms sprach sie
leise mit mir.
»Verzeih mir,
ich habe nicht die Zeit, Zeit zu vergeuden.
Schon an der nächsten Station muß ich raus.
Du fährst weit weg.
Wir werden uns nie wieder sehen.
Die Antwort auf *eine* Frage quält mich,
ich will sie von dir hören.
Du wirst doch ehrlich sein?«

Ich versprach ihr: »Gewiß.«
Hinaus auf den Himmel blickend fragte sie:
»Die Zeit, die vorbei ist,
ist die ganz und gar vergangen?
Bleibt kein kleinster Rest?«

Eine Weile hielt ich inne,
dann sagte ich:
»Die Sterne der Nacht sind
im Licht des Tages versunken.«

Zweifel beschlichen mich;
hatte ich mir das etwa zusammengereimt?
Sie sagte: »Genug. Geh jetzt wieder rüber.«
Alle stiegen an der nächsten Station aus.
Ich fuhr allein weiter.

Auf Wegen frei und ungebunden

Hebt ruhig die Augenbrauen, verschließt die Türen;
werdet zornrot im Gesicht;
Hier kommt meine ausgestoßne Geliebte,
die der feinen Leute Regeln bricht.
Sie bettelt nicht darum, ins Haus zu treten,
das wert auf strenge Konventionen legt;
ich setzte sie auf eine Flickendecke, die
schmutzig ist und ungepflegt.
Sie rechnen und wägen mit Vorsicht,
die Leute aus höheren Kreisen;
die da staubbedeckt im grauen Kleide sitzt,
können sie nur von sich weisen.
Sie ehren nur, was außen ist, und
vergessen das innere Wesen;
du Herzensdiebin! komm zu mir, allein:
dich hab ich auserlesen.
Dein Haus hast du verlassen, o Pilgerbraut,
mit einem Male;
von ich-weiß-nicht-woher brachtest du
Lotoshonig in einer irdnen Schale.
Du weißt, ich mag der Liebe schlichte Spiele,
drum bist du hergekommen.
Den Krug aus Lehm lehn ich nicht ab,
den du zur Hand genommen.
Was nutzt es, zu tanzen; du kannst nicht die Füße
mit Glöckchen schmücken.

Beweg dich also, wie dein Blut dich drängt,
das genügt, mich zu entzücken.
Dich beschämt es, wenn sich Frauen schämen,
die keine Edelsteine zieren;
dein Kleid, das kann vom Staub der Wege
die Schönheit nicht verlieren.
Dorfhunde lungern an deiner Seite, Hirtenjungen
wollen dich begleiten;
mühelos wie ein Zigeunermädchen kannst du
auf dem Pony reiten.
Den nassen Sari übers Knie geschürzt,
watest du durch einen Fluß;
seh ich dich so, vergesse ich, daß ich
zu feinen Leuten gehen muß.
Am Markttag erntest du vom Feld Gemüse,
du hast ein Körbchen mitgebracht;
für wilde Esel hast du deinen Sarizipfel
voll mit Erbsen aufgemacht.
Ein Regentag kann dich nicht hindern,
schlammbeschmiert bis zu den Knien,
über'm Kopf den *kacu*-Blätterschirm, in ein
fernes Dorf zu ziehen.
Wann's mir gefällt und wo's mir paßt,
wirst du bei mir sein;
zur Vorbereitung brauch ich gar nichts, das
wissen du und ich allein.
Du hast, verschmähend alle Pflichten guter Sitte,
des Dorfes Hohn gefunden;
komm, o meine ausgestoßne Geliebte,
auf Wegen frei und ungebunden.

Viele Kränze hab ich gewunden,
    während ich saß im Hain.
Gäste kamen am Morgen und haben sie
    um den Hals gelegt.
Plötzlich erschien noch einer
    mit einem Blumenkorb.
Soll ich, ach, mit welken Blättern flechten
    einen trocknen Kranz?

Das unwissende Herz versteht, und doch
versteht es nicht;
Was hat es nur falsch gemacht?
Zwischen den Sternen sucht es jammernd
ein vom Baum gefallnes Blütenblatt.

Den Preis ihrer eigenen Schönheit
kann die Blume nicht sagen.
Wer einfach empfangen hat,
schenkt zurück ohne Fragen.

Scheu bleiben die Blumen im
Waldschatten versteckt;
ihren Duft hat der Südwind
der Welt entdeckt.

Da du du selbst bist,
bin ich in deiner Schuld.
Ich trag sie ab mit meiner Liebe
lebenslänglich mit Geduld.

Lieder

Wer, o weh! wer ist's? Die Flöte lockt und lockt.
Wollt ich nicht heut zu Hause bleiben?
Doch draußen, ach, da reizt die Flöte,
sag! sag, was soll ich tun?

Entlang des Flusses,
dort irgendwo im Hain,
da soll im Abendlicht
der Flötenspieler sein.
Hört, wer weiß Bescheid,
wer kann den Weg mir zeigen?

Dein Lächeln zu schauen,
bin ich hingeeilt
und hab dich mit Blumen geschmückt.
Dein Spiel hat, bekenne ich,
mein Herz verzückt.

Könnt ich doch, o Herr, mein ganzes Hab und Gut
dir schenken!
Auch Scham und Furcht, auch Stolz und Schmach, Glück,
Qual und Kummer.

Mich trennen hundert Widerstände hundertfach von dir.
Dich find ich nicht, ich kehre weinend heim.
Den Schmerz, ihn kann mir niemand nehmen.

Mein ganzes Hab und Gut – welch Glück hat es
gebracht?
Trübsinn gab es, gab mir Kummer nur.
Für dich gäb ich gern alles hin – warum gelingt's mir
nicht?
Meine ganze Welt will ich dir schenken, dürft ich nur
dich dafür besitzen.

Was im Tiefsten ich begehre, alles,
alles gibst du mir.
Nichts auf dieser Welt ist mein, niemandem
gehöre ich, nur dir.

Wenn du kein Glück mehr findest,
geh! such es dir.
Ich halte dich in meinem Herzen,
nichts fehlt mir.

Bist du von mir getrennt,
so bleibe ich von Tag zu Tag, das ganze Jahr
trotzdem in dir versunken.
Und liebtest du auch einen andern
und kehrtest nie zu mir zurück,
trotzdem soll, was du willst,
geschehen,
und wär ich ganz im Leid ertrunken.

An einem Regentag

Heute, heut kann ich's ihr sagen,
an einem solchen Regentag es wagen!
Wenn die Blitze grellen
und der Regen rauscht
und das Dunkel lichtlos scheint.

Keiner wird vernehmen dieses Wort,
denn einsam, leer ist dieser Ort.
In unserm Schmerz gefangen
blicken wir einander an.
Wie rastlos der Regen vom Himmel fällt,
als wär sonst niemand auf der Welt.

Die Menschen, die Welt – Lüge sind sie ganz und gar,
der Lärm des Lebens – nichts an ihm ist wahr.
Augen allein kosten
der Augen Zauber.
Ein Herz nur spürt des anderen Herzens Schlag.
Tief im Dunkel eingetaucht ist dieser Tag.

So sanft will ich sprechen, daß keiner uns hört,
daß nichts unsere Seele schreckt und verstört.
Auflösen wird sich mein Wort
langsam im Strom der Tränen.
Regen will prasselnd die Welt umhüllen,
doch nur ein Wort wird uns zwei Menschen erfüllen.

Wem kann es schaden, wenn von diesem Leid
meine Seele sich befreit?
          Wenn im Regenmonat *śrāban*
          in einem Zimmerwinkel
wir uns zwei kleine Worte sagen,
wird sich doch keiner über uns beklagen?

Danach vergeht ein ganzes Jahr
mit der Leute Spott und Kommentar.
          Viele Menschen werden kommen,
          dazu so viel Leid und Kummer.
Und unser kleines Wort wird untergehen,
nur die Welt sich ein Jahr drehen, drehen.

Wie rastlos der Wind auf die Erde fällt
und Blitz auf Blitz den Himmel erhellt.
          Doch jenes Wort, es bleibt
          in mir verschlossen.
Ach, könnt ich's heute noch ihr sagen,
an einem solchen Regentag es wagen!

Ich habe ihn noch nicht gesehen,
nur seine Flöte gehört.
Hin gab ich ihm mein Herz und Wesen,
ganz betört.

Sein Leib, hör ich, sei seltsam schwarz,
drum besser wär's, ihn nicht zu schauen.
Kann ich zum Wasserschöpfen an den Fluß mich trauen?

Im Traum jedoch ist er erschienen,
vom Winkel seiner Augen
hat mich sein Lächeln getroffen.
Furcht, Freundin, Furcht bestimmt seitdem mein Leben.
Öffne ich die Augen nur, verzehrt mich die Sorge,
das Hoffen.
Jeder, auch er, kann über Waldwege gehen,
jeder, auch er, kann unterm *kadam*-Baum mich sehen.
Darf ich, Freundin, darum meinen Blick zu jedem
Menschen heben
und ihm mein Willkommen geben?

Wolken türmen sich auf Wolken,
Nacht fällt ein.
Warum läßt du mich am Tor
warten ganz allein?
Will die Pflicht es, kann ich hundert
Pflichten
täglich unter hundert Menschen tun.
Doch heute warte ich nur hier:
Halte Wort und komm zu mir!
Warum läßt du mich am Tor
warten ganz allein?

Willst du dich nicht zeigen
und mich weiter übersehen,
wie können solche Regentage
dann vergehen?
Mit starren Augen blicke ich
unaufhörlich in die Ferne.
Meine Seele schweift, vom Weinen blind,
umher mit dem ruhelosen Wind.
Warum läßt du mich am Tor
warten ganz allein?

Verhüllt im Zauber dichter Regenwolken,
die Blicke aller meidend, kommst du sacht,
o Schweigsamer, auf Zehenspitzen
zu uns wie die Nacht.

Der Morgen hat die Augen verschlossen,
vergebens hat ihn der Wind geweckt;
wer hat über den schamlos blauen Himmel
die dunklen Wolken ausgestreckt?

Ohne Vogelruf der Wald,
aller Häuser Türen zu.
Auf dem menschenleeren Weg,
stiller Wandrer, wer bist du?
Einz'ger Freund du, mein Geliebter,
darfst du wie im Traum vorübergehen?
Meine Tür bleibt für dich offen,
kehre ein! – ohne mich zu übersehen.

Herr, meine Augen wachen dir zulieb;
dein Anblick, nein,
wurde nicht mein,
am Weg wart ich allein;
doch zufrieden will ich sein.

Im Staub am Tor ich steh
mit Bettlerherzen – o weh!
dein Erbarmen will ich.
Gnade, nein,
wurde nicht mein,
mir bleibt Sehnsucht allein;
doch zufrieden will ich sein.

In dieser Welt sind heute
beglückt und fleißig viele Leute
mir vorausgegangen.
Gefährten, nein,
wurden nicht mein,
dich will ich allein;
doch zufrieden will ich sein.

Diese große, gärende, grüne Welt,
die allseits von Nektar überquellt,
läßt mich vor Sehnsucht weinen.

Dein Anblick, nein,
o nein –
welche Pein;
doch zufrieden will ich sein.

Aus Liebe, nur aus Liebe,
du Herzensdieb –
läßt du über diese Blätter
Lichter goldgelb tanzen;
läßt du diese trägen Wolken anmutig
überm Himmel treiben;
läßt du diese Winde die Leiber streifen,
sie in Wohlgefühl tauchend:
aus Liebe, nur aus Liebe,
du Herzensdieb!

Meine Augen haben tief getrunken
der Morgensonne Strahlen.
Die Liebe deiner Worte hat, ich spüre es,
mein Leben durchdrungen.
Du neigst dich zu mir, sieh,
und deine Augen schauen mein Gesicht.
Deine Füße hab ich heut berührt
mit meinem Herzen.
Aus Liebe, nur aus Liebe,
du Herzensdieb!

Von deinem Thron bist du gestiegen
und wartest, Herr, an meiner Tür.
Einsam saß ich und
sang verträumt ein Lied;
an dein Ohr ist es gedrungen,
von deinem Thron bist du gestiegen
und wartest, Herr, an meiner Tür.

So vieler Lieder, so vieler Sänger Gebieter
bist du in deiner Gemeinde.
Dennoch ist heut mein nutzlos kleines Lied
aufgefallen deiner Liebe.
Aus der großen Weltmusik hast du
diese kummervolle Melodie herausgehört.
Mit einem Ehrenkranz
bist du von deinem Thron gestiegen
und wartest, Herr, an meiner Tür.

Das Lied, das ich zu singen hoffte,
es will mir nicht gelingen.
Auch heute übe ich die Töne nur,
voll Sehnsucht, sie zu singen.

Ich kann noch nicht die Töne treffen,
das rechte Wort mißlingt.
Ich weiß, daß nur der Lieder Sehnen
mein Leben ganz durchdringt.
Ein Wind erhebt sich, er kann die Blume
noch nicht zum Blühen zwingen.

Seine Worte hab ich nie gehört, sein Gesicht
noch nicht geschaut.
Ich höre nur von Zeit zu Zeit
seiner Füße Laut.
Er geht vor meiner Türe hin und her,
seine Schritte hör ich klingen.

Für ihn den Platz bereiten, mehr gelang
den ganzen Tag mir nicht.
Wie kann ich ihn denn zu mir rufen? Im Zimmer
ist kein Licht.
Ihn zu schauen ist mein Traum gewesen.
Vorbei! Nichts wird ihn zu mir
bringen.

Nicht meine Schönheit soll dich locken,
nur Liebe, Liebe allein.
Nicht Hände sollen dir die Türe öffnen,
mein Lied, meine Lieder allein.

Dich mag ich nicht mit Schmuck beladen,
nicht mal mit Blumenkränzen.
Die Liebe winde ich zu einem Kranz
und lege sie um deinen Nacken.

Wissen wird niemand, welcher Sturm
meine Seele tanzen läßt.
Meine Liebe saugt dem Monde gleich
die Wellen der Flut empor.

Eins will ich werden mit dir,
drum hat sich der Himmel gefüllt mit Licht.
Eins will ich werden mit dir,
drum grünt die Erde voll Zuversicht.

Eins will ich werden mit dir,
darum umfängt die wachende Nacht
in ihrem Schoß die Erde.
Mit sanften Klängen öffnet die Dämmrung das östliche
Tor,
damit es Morgen werde.

Das Boot der Hoffnung treibt in ew'ger Strömung
der Einheit zu.
Blumen so vieler Zeiten blühen auf,
um zu füllen meinen Hochzeitsteller.
Eins will ich werden mit dir,
heut und immer, in der ganzen Welt,
drum sucht mein Herz im Hochzeitskleid
meinen Herrn in Ewigkeit.

Versteckt warst du in meinem Herzen –
ich fand dich trotzdem nicht.
Dich fand ich trotzdem nicht darin.
Rundum hab ich geschaut –
nur nicht ins eigne Herz hinein.
In jeder Neigung, jedem Schmerz und jedem Hoffen
warst du mir nahe –
nur ich kam dir nicht näher.

Gelebt hast du in meinen Spielen mittendrin
als aller Spiele Fröhlichkeit.
In diesem Rausch vergaß ich deine Gegenwart,
Tag und Jahr verstrichen müßig.
In meinem tiefsten Leben wohntest du verschwiegen,
dem Schmerz und Glück all meiner Lieder
gabst du die Melodie.
Ich hab jedoch dein eignes Lied nie singen können.

Damals saßen wir zwei im Wald und schaukelten,
auf der Schaukel aus Blumen und Blüten.
Daran denk von Zeit zu Zeit, vergiß es nicht,
dies Gedächtnis sollst du immer hüten.

Damals – weißt du noch? – da war vom Wind umschlungen
mein närrisches Liebeswort.
Kostbar war dein Lachen, du hast es ausgestreut
über die Himmel fort und fort.

Wir wanderten den Weg in die Nacht hinein,
auf stieg der Mond so rund und voll.
Du und ich, wie trafen uns: ich weiß nicht, wie uns war,
uns war – so wunderbar …
Vorbei ist die Zeit, vorbei, vorbei,
allein trag ich der Trennung Last.
Das Liebesband, das löse nie, das löse nie!,
das ich um deine Seele wand.

Die Liebe kam auf leisen Füßen.
Sie schien mir wie ein Traum.
Ich ließ sie außer Acht.
Der Abschied kam, da hört ich sie.
Hastig lief ich, sie zu grüßen.
Verflüchtigt war jedoch der Traum,
aufgelöst in eine blinde Nacht.
Weit weg – das Flämmchen,
der blaßrote Schein –
das wird sie sein.

Anhang

Quellen und Anmerkungen

Zur Übersetzung

Rabīndranāth Tagores Lyrik hat als erste Helene Meyer-Franck unmittelbar aus dem Bengalischen ins Deutsche übersetzt. Ihr Büchlein »Mit meinen Liedern hab ich dich gesucht« (Deutscher Literatur-Verlag, Hamburg 1946; 1947; 1948) ist längst verschollen. Eine Auswahl der ernsten Lyrik aus den letzten neun Lebensjahren übertrug Alokeranjan Dasgupta in »Der andere Tagore« (Wolf Mersch Verlag, Freiburg 1987). Danach kamen meine Übersetzungen in drei katholischen Verlagen (Auf des Funkens Spitzen. Kösel Verlag, München 1989; 1997. – Wo Freude ihre Feste feiert. Herder Verlag, Freiburg 1990. – Am Ufer der Stille. Benziger Verlag, Solothurn/Düsseldorf 1995; 2002). Daraus habe ich einige Gedichte in diese Ausgabe übernommen, die anderen Texte sind Neuübersetzungen.

Übersetzungen aus dem Bengalischen ins Deutsche bedeuten nicht nur einen Wechsel von einer Sprache in die andere, sondern den von einer Kultur und Religion in eine andere und von einem Gefühlserlebnis und Naturverständnis in ein anderes. Als nichteuropäische Sprache ist das Bengalische in Syntax, Wortwahl und Sprachverständnis sehr verschieden vom Deutschen. All das erschwert die Übersetzung. Zudem war mein Ziel, einerseits in deutscher Sprache ein neues, literarisch gültiges Gedicht zu schaffen, das die Leser ähnlich inspiriert und erfreut wie die bengalischen Leser und Sänger das Original. Andererseits sollte die Übersetzung philologisch so exakt wie möglich bleiben. Das war eine ständige Gratwanderung.

Gedichtübersetzungen mit Anmerkungen sind im Fall Tagores notwendig, um alle genannten Schwierigkeiten adäquat zu meistern. Einmal möchte ich darin den kulturellen oder biographischen Zusammenhang des Gedichtes oder Liedes skizzieren, sodann Einblick geben in meine Übersetzerwerkstatt. Ich gebe Rechenschaft über Zusätze, Auslassungen und Umformungen. Gewiß wird man die Gedichte auch ohne Anmerkungen mit Genuß lesen, doch wird das Verständnis durch sie vertieft. In den Anmerkungen habe ich bei den bengalischen Worten sämtliche diakritischen Zeichen benutzt, in den Gedichttexten dagegen nur Längenzeichen. Die Zeilenkommentare beziehen sich auf die Zeilen- bzw. Strophenzahl. Die Angabe 2,3 bedeutet also 2. Strophe, 3. Zeile. Im Texteil haben wir auf die Numerierung verzichtet. Gezählt werden nur echte Zeilen und Halbzeilen, nicht jene, die Worte aus vollen Zeilen aufnehmen.

Diese Übersetzung wäre nicht ohne die engagierte Unterstützung von Frau Subarna Chatterjee, meiner langjährigen Bengalischtutorin, von Professor Prasanta Kumar Paul, meinem verehrten Lehrer und Freund, von Rajendra Nath Sarkar, meinem Assistenten, von Frau Purabi Ghosh, meiner Nachbarin, sowie meiner Lektorin, Frau Gesine Dammel, möglich gewesen. Ihnen allen von Herzen meinen Dank!

Gedichte

Die Gedichte sind in chronologischer Reihenfolge geordnet. Der Titel des Gedichts wird zuerst genannt, danach der des Gedichtbandes mit dem Jahr der Veröffentlichung.

Seite 9 *bandī* aus *kaṛī o komal* (1886)

Der Gedichtband, den der 25jährige Rabīndranāth veröffentlicht, feiert überschwenglich seine naive Lebensfreude. Das Gedicht beklagt, daß jugendlich-romantische Liebe auch übertreibt und die Liebhaber in bodenloser Leidenschaft gefangen halten kann.

2 *Deiner Küsse reichen Wein:* wörtl. Küsse aus Madeira-Wein.

6 Die Vollmondnacht wird hier als die Zeit für romantische Zusammenkünfte betrachtet. Der Mond wird nur einmal im Monat voll, ähnlich kann man nicht jede Nacht ein Stelldichein feiern.

7 Das frei fallende Haar ist Symbol weiblicher Leidenschaft.

11 *Nachts:* wörtl. Im Schlafzimmer (wenn der Sprechende allein ist).

Seite 10 *ananta prem* aus *mānasī* (1890)

Mit diesem Gedichtband legt Rabīndranāth seine erste reife Lyrik vor, die ihm sogleich Anerkennung bringt. Das Wechselspiel von kosmischer und persönlicher Liebe wird thematisiert: Für jedes Liebespaar erfüllt sich der uralte kosmische Strom der Liebe in ihrer persönlichen Liebe. Doch die kosmische Liebe schwingt ständig mit.

1,1-2 Hinweis auf die Reinkarnationslehre der Hindus.

3,3 *hunderttausend:* wörtl. *koṭi* = zehn Millionen.

4,4 *Samen:* wörtl. Erinnerung.

Seite 12 *pratham cumban* aus *caitāli* (1896)

11 *Seemuscheln:* genau: Seeschneckenhörner, auf denen zu Beginn eines Gottesdienstes oder allgemein in besonderen rituellen Augenblicken geblasen wird.

12 *Abendgottesdienst – ārati:* feierliche Verehrung , indem der Priester Lichter, Weihrauch usw. vor dem Gottesbild schwenkt.

Seite 13 *pratijñā* aus *kṣaṇikā* (1900)

Die humorvolle Absage an das Asketentum ist ein Topos bei Rabīndranāth. Die asketisch gesinnte Spiritualität des Hinduismus wollte er zu einer Spiritualität der Lebens- und Naturfreude umwandeln. Rabīndranāth war ein Augenmensch und leidenschaftlicher Liebhaber der Natur. Wesentlich durch die Betrachtung der Natur fühlte er sich zum religiösen Leben inspiriert. In diesem Gedicht macht er sich über die Askese lustig, indem er sagt: Ich werde nur Asket, wenn ich mir auch alle Freuden des Lebens, mitsamt einer Gefährtin, leisten darf. Und weiter (3. Strophe): Nur wenn ich durch die innere Kraft, die mir die Askese gibt, tatsächlich eine feinere Sensibilität für und ein tieferes Verständnis von dem inneren und äußeren Leben erreiche, möchte ich Asket werden.

1, 1; 1, 4 *Asket – tāpas; Asketenfräulein – tapasvinī:* ist die feminine Form von *tāpas. Asketenfräulein* gibt die Ironie wieder, die in der Paarung von Asket und Asketin besteht.

1, 6 *im Wald:* Im allgemeinen wohnen Asketen in den Wäldern.

2, 2 *Bettelmönch und Büßer« – udāsīn sannyāsī:* wörtl. ein entsagender Bettelmönch.

2, 5 f. wörtl. Flattert nicht das Ende eines blauen Sari unruhig im linden Wind …

2, 7 f. Glöckchen an der Hüfte einer Frau; im Original drückt die 8. Zeile nur lautmalerisch den Klang der Glöckchen aus, etwa: kling-e-ling.

3, 2 Durch Askese sammelt der Mensch innere Kraft.

3, 5 *bīṇā* (Vīṇā) – indisches Saiteninstrument.

3, 8 *in einem Augenblick:* wörtl. mit *einem* Augenaufschlag.

Seite 15 *praṇaypraśna* aus *kalpanā* (1900)

Das Gedicht ist ebenso spöttisch wie ernsthaft. Eine Frau fragt ihren Geliebten, ob all die verstiegenen, phantasievoll-poetischen Lobesworte, mit denen er ihr schmeichelt, tatsächlich wahr seien. Dabei neckt sie ihn, weil die Behauptungen allzu abwegig klingen. In ihrer Eitelkeit möchte sie aber doch gern an sie glauben. Wieder spielt Rabīndranāth mit der Idee, daß die persönliche Liebe zwischen zwei Menschen ein konkretes Abbild der apersonal-kosmischen Liebe ist.

1,2 *mein allzeit Geliebter:* wörtl. mein Geliebter seit uralten Zeiten.

1,6 *wie die Wangen einer Braut:* wörtl. wie eine frischverheiratete, errötende Frau.

2,1 *Himmelsbaum – mandār:* einer der Blütenbäume, die dem Mythos zufolge im Himmel wachsen.

2,2 Die Frau trägt Fußkettchen, die bei jedem Schritt klingen. *bīṇā* (Vīṇā) – indisches Saiteninstrument.

2,7 *der Wind:* wörtl. der ruhelose Wind.

3,5 *Lied:* wörtl. Wort, Botschaft;
»und lauscht«: Zusatz.

4,1 *von frühster Zeit:* wörtl. von Epoche zu Epoche.

4,2 *von einer Welt zur andern:* Dahinter steht die Auffassung, daß es verschiedene Welten gibt, in denen Menschen gelebt haben.

4,5 In dem Paar erfüllt sich die Liebe, die sich uranfänglich vorbereitet hat. Darin spiegelt sich auch die Vorstellung der Reinkarnation.

Seite 17 *prārthanā* aus *smaraṇ* (1903)

Mrinālini Devī (1874-1902) war gerade zehnjährig, als sie mit Rabīndranāth verheiratet wurde. Sie war eine unscheinbare Braut vom Lande, fast analphabetisch und ohne städtisches Benehmen. Es war eine arrangierte Partie, in die Rabīndranāth einwilligte. Mrinālinī erwies sich als tüchtige Ehefrau und Mutter von fünf Kindern, die des Dichters romantisches Gemüt mit ihrer Neigung zum Praktischen ausglich und ihn selbstlos unterstützte. Im November 1902, als Rabīndranāth gerade vierzig Jahre war, starb seine Frau, was bei Rabīndranāth tiefe Trauer auslöste. Die lyrische Frucht ist der schmale Band *smaraṇ* (Erinnerung) – zarte Liebesgedichte, die sich zwischen verzweifelter Trauer und metaphysischer Trostsuche bewegen. Der Dichter versucht, den Verlust zu überwinden, indem er den Blick auf Gottes Welt weitet und auf jene Region, in der nichts verloren geht – die Region der Zeit- und Todlosigkeit, von der die Upanishaden sprechen.

13-15 wörtl. In meinem Haus finde ich jenen Nektar (*amṛta*) nicht mehr, / inmitten der Welt erhalte ich diese verloren geglaubte Berührung.

Seite 18 *ekākī* aus *smaraṇ* (1903)

2,4 *segnend:* Zusatz. – Berührung der Stirn bedeutet immer Segen.

2,6/8 *Gottesdienst – pūjā:* tägliche rituelle Verehrung oder Anbetung vor einem Gottesbild; allgemein: Hochachtung, verehrende Liebe (auch gegenüber Menschen).

2,7 *Liedern:* wörtl. Lobliedern.

Seite 19 *samabyathī* aus *śiśu* (1903)

Bald nach dem Tod von Rabīndranāths Frau erkrankte Anfang 1903 deren zweite Tochter, Renukā. Um ihr den notwendigen Klimawechsel zu verschaffen, nahm der Vater sie in die Himalaya-Berge mit. Dort sind die meisten Gedichte von *śiśu* (Kleinkind) entstanden. Die meisten sind Dialoge zwischen Mutter und Kind. Renukā starb im September 1903.

Ein Kind sitzt auf dem Schoß seiner Mutter und plaudert: Die Mutter solle sich einmal vorstellen, es sei ein Hund oder Papagei. Würde sie ihr Kind dann auch noch lieben – oder vielleicht abweisen?

1,3 *Teller:* wörtl. Teller Reis.

3,3 f. In Indien füttert die Mutter ihr kleines Kind mit ihrer Hand vom eigenen Teller.

5,4 wörtl. Dieser dumme Vogel will seine Kette zerbeißen.

Seite 21 *bidāy* aus *śiśu* (1903)

Ein sterbendes Kind nimmt von seiner Mutter Abschied. Das Gedicht wechselt zwischen der Melancholie des Abschieds und den tröstenden Versprechen einer Wiederkehr. Das Kind versichert liebevoll: Ich kehre in den einfachen Erscheinungen der Natur (Welle, Regen, Wolke, Stern, Flötenmelodien), sogar in den Pupillen der Mutter, wieder. Die Pupillen sind ein Symbol für die Seele.

6,1; 7,1 *Festtagszeit, Festtagshemd:* Gemeint ist die Zeit der Durgā-Pūjā (September oder Oktober), des größten Hindufestes in West-Bengalen, zu dem die Kinder von ihren Eltern neue Kleider geschenkt bekommen.

Seite 23 *kena madhur* aus *śiśu* (1903)

Was in dem letzten Gedicht zum Ausdruck des Trostes wird, ist hier ein Zeichen mütterlichen Glücks: die Transzendierung des individuellen Lebens zum Kosmischen hin. Beim Anblick ihres Kindes kann sich die Mutter in ihrem Glück nicht damit bescheiden, das Kind so zu lieben, wie es ist, sondern die Mutter entdeckt die ganze Welt in ihrem Kind.

Buntes, rosig, rot, Farben haben im Original denselben Wortstamm: *raṅin, rāṅā, raṅ.*

2,5 ausgelassen: (*warum die Welle*) in fließenden Tönen (*wogt auf und nieder*).

3,4 *köstlich – svādu:* geschmackvoll, süß, köstlich.

4,5 *Labsal – amṛta:* Nektar, Ambrosia.

Seite 24 *śā-jāhān* aus *balākā* (1916)

Moghul-Kaiser herrschten beinahe dreieinhalb Jahrhunderte über weite Teile Indiens. Der bedeutendste war Ākbar. Dessen Enkel Shāh-Jāhān regierte von 1628 bis 1658. Während seiner Regierungszeit erreichte die Moghul-Architektur ihren Höhepunkt. Shāh-Jāhān errichtete Bauwerke aus weißem Marmor in Delhi, Lahore und Agra. Berühmt wurde das Mausoleum *Tāj Mahal* für seine Gemahlin Mumtāz Mahal. Bis heute zieht das grazile Gebäude am Ufer der Yamunā außerhalb der Stadt Agra zahllose Besucher an.

In dem Gedicht feiert Rabīndranāth die Liebe eines Gemahls zu seiner verstorbenen Frau, die er in einer Architektur »überirdischer«, »unsterblicher« Schönheit verewigen möchte. Der Dichter hat aber auch Vorbehalte: Das Bauwerk hat die Erinnerung an die Geliebte und auch an seinen Erbauer überlebt. Letztlich hat sich der Schmerz des Liebenden doch vor der Bewegung der Zeit beugen müssen.

Die ständig wechselnden Zeileneinsätze und -längen betonen das Flüchtig-Rastlose der Zeit. Das Gedicht webt ein komplexes Filigran von Gedanken und Emotionen, assoziativ und evokativ, das nicht von ungefähr an die verschlungenen Verzierungen muslimischer Baukunst, so auch an den Tāj Mahal selbst, erinnert. Sein starker emotionaler Appell hat *śā-jāhān* zu einem Lieblingsgedicht des bengalischen

Volkes gemacht. (Zeilenzählung durchgängig, ohne die Stropheneinheiten zu berücksichtigen.)

21-46 Anrede an das *Menschenherz.*

31 *mādhabī:* duftende Kletterpflanze mit blaßroten Blüten.

32 *Schoß:* Der Dichter spricht vom Sarizipfel, der in der indischen Literatur eine ähnliche erotische Chiffre ist, wie der Schoß einer Frau in der europäischen.

37 Gemeint ist die Jahreszeit *hemanta* (Mitte Oktober bis Mitte Dezember).

38 Busch mit dichtbesetzten kleinen, weißen Blüten, blüht im Frühling.

51 *Ungestaltigen – rūphin:* gestaltlos; häßlich.

67 *Meghdūt* (Wolkenbote): das berühmte klassische Sanskrit-Gedicht von Kālidāsa, mit dem Rabīndranāth den Tāj Mahal vergleicht.

77 *cāmelī:* Kletterpflanze mit Büscheln von kleinen, weißen, duftenden Blüten; gehört zur Jasmin-Familie.

80 *Diese Schönheit:* der Tāj Mahal.

93 *das Festorchester – nahabat:* Orchester in Tempeln, bei Hochzeiten usw.

94 *Yamunā:* Fluß, der an Delhi vorbeifließt; der Tāj Mahal liegt am selben Fluß.

100 *Dein Bote:* der Tāj Mahal.

120 *verwahren:* oder festhalten.

122 *Himmelsort:* Nach dem Hindu-Mythos wohnt jeder Gott an seinem eigenen »Ort« im Himmel.

127 *König:* Anrede an »das Leben«, das ab Zeile 120 thematisiert wird.

132 d.h. wenn Shāh-Jāhān stirbt.

131-134 *wirfst du … von dir:* wörtl. mit beiden Füßen wegstoßend.

147 *Herz – citta:* auch Denken, Gefühl.

155-167 Lied des Tāj Mahal.

Seite 30 *dān* aus *balākā* (1916)

Im Rahmen eines Liebesgedichts denkt der Dichter über Wert und Flüchtigkeit der Zeichen menschlicher Sympathie nach. Er erkennt, daß nur die spontane Geste, unerwartet und uneigennützig, eine Art Ewigkeit im Augenblick schaffen kann.

Seite 33 *śeṣ basanta* aus *pūrabī* (1925)

Dieses und die zwei folgenden Gedichte sind an Victoria Ocampo (1890-1979) gerichtet, eine bekannte argentinische Dichterin. Rabīndranāth folgte der Einladung, an den Jahrhundertfeiern von Peru teilzunehmen und brach im September 1924 nach Südamerika auf. Während der Schiffsreise wurde er krank. Gezwungen, in Buenos Aires, ihrem ersten Landeplatz, zu bleiben, bis er genesen war, nahm Victoria Ocampo sich des 64jährigen Dichters an. Die Wochen in der Villa San Isidro sind für beide bedeutsam gewesen. Ihre Beziehung hat eine Reihe feinfühliger, von leichter Melancholie durchwirkter Liebesgedichte hervorgebracht. Sie sind in dem Band *pūrabī* gesammelt worden, den Rabīndranāth »Vijaya« (die Siegreiche) widmete, wie er Ocampos Vornamen indisch umwandelte.

Die Melancholie eines alten Mannes, der eine sehr viel jüngere Frau aufgeben muß, weil ein gemeinsames Leben weder gesellschaftlich akzeptabel noch persönlich möglich erscheint, läßt an Goethes »Marienbader Elegien« denken. Das Paradox der Situation ist im Titel »Letzter Frühling« eingefangen.

1,6 *Frühling – phālgun:* bengalischer Monat (Mitte Februar bis Mitte März).

4,4 wörtl. die Zeit einzuhalten.

6,3-5 leicht gerafft. – Es beschreibt ein typisches Phänomen, wenn abends in den Bäumen plötzlich eine Vielzahl von Vögeln gleichzeitig heftig zu zwitschern beginnt.

6,9 *des Abends – godhūli*, wörtl. Staub der Kühe. Gemeint ist die Zeit der Abenddämmerung, wenn die Kühe von den Feldern und Wiesen in die Dörfer zurückkehren und dabei den Staub der Wege aufwirbeln. Es ist eine besonders stimmungsvolle und friedliche Stunde des Tages.

7,6-8 leicht gerafft. – *Abschied:* wörtl. Abschiedswort, Abschiedsbotschaft. Der Dichter hebt den welken Kranz als das letzte Geschenk der geliebten Frau vom Boden auf.

Seite 36 *bideśī phul* aus *pūrabī* (1925)

Der Titel heißt wörtl. Ausländische Blume; gemeint ist Victoria Ocampo.

1,3 und 2,4 *gewiegt* und *geneigt* in 3,3; 4,3 und 5,3 sind im Original dasselbe Wort. Der Satz drückt sanfte Verweigerung aus.

Seite 38 *atithi* aus *pūrabī* (1925)

Gast ist ein Dank des Dichters an Victoria Ocampo für ihre Gastfreundschaft. Wieder evoziert der Dichter die kosmische Dimension, indem er die Sterne/das Licht mit der Frau parallel setzt, also das Weibliche ins Kosmische projiziert und mythologisiert.

Seite 39 *lekhan* 26 (1927)

Die gereimten Aphorismen dieser Sammlung sind auf Reisen in China und Japan entstanden (1916) sowie später in Europa. Viele Menschen, denen Rabīndranāth begegnete, baten um kurze Gedichte als Andenken. Der Dichter notierte sie ihnen spontan handschriftlich.

Seite 40 *lekhan* 42 (1927)

Seite 41 *lekhan* 156 (1927)

Seite 42 *śeṣ madhu* aus *mahuyā* (1929)

Der Monat *chaitra* (Mitte März bis Mitte April) ist der letzte Monat im bengalischen Kalender und der letzte der beiden Frühlingsmonate. Danach beginnt das neue Jahr mit dem Sommermonat *baiśākh*. Das bengalische Jahr setzt also mit einer Leidenszeit ein, nämlich der Hitze und Dürre des Sommers (vergleichbar mit der Härte des Winters, dem Beginn des europäischen Jahres). Im Original sind die Worte »Frühling« und »Sommer« meist mit den Bezeichnungen *chaitra* und *baiśākh* apostrophiert. Jede Jahreszeit hat in Indien ihre charakteristischen Bäume, die blühen oder deren Früchte reifen; in keiner Zeit ist die Natur leer und tot.

Das Gedicht erlebt den Wechsel von Frühling zu Sommer symbolisch als den von der Jugend zum Ernst des Alters. Der Gedichtband *mahuyā* enthält neue Liebesgedichte des alternden Dichters, der im Jahr der

Veröffentlichung 68 Jahre alt wurde. Streng genommen ist unser Gedicht kein Liebesgedicht; doch es evoziert die Melancholie des Abschieds – vom Frühling, von der Jugend und ihrer Leichtigkeit, von der jugendhaften Liebe. Beherzt erlebt Rabīndranāth im Abschied eine gesteigerte Lebensintensität, einen tieferen Reichtum der Liebe, weit entfernt von Resignation.

2, 3 *sajne:* Baum mit kleinen weißen Blüten, die in Trauben hängen.

2, 5 *ākanda:* Baum mit kleinen malvenfarbenen Blüten.

4, 1 *dolancāṁpā:* Busch mit duftenden weißen oder weißgelben Blüten.

Seite 44 *haṭhāt-dekhā* aus *śyāmalī* (1936)

Das Gedicht ist reimlos und ohne Versmaß, bei Rabīndranāth eine Seltenheit. In bewußt kunstloser Sprechsprache will der Dichter auf die herbe Realität der Trennung und Endgültigkeit des Vergangenen hinweisen. Zwar betont er zum Ende in dem einzigen poetischen Satz des Gedichts die Gegenwart des Vergangenen, gerade auch der Liebe, doch zieht er dies sofort danach in Zweifel.

2, 6 *blumenschöne:* wörtl. wie eine *dolancāṁpā*-Blüte.

2, 9 In Bengalen ist Senföl das üblichste Speiseöl. Die tiefgelben Senffelder im Winter haben die eindrückliche Wirkung von Rapsfeldern in Europa.

2, 10 *śāl:* hochwachsender Baum mit großen Blättern.

3, 2 wörtl. und grüßte mich mit einem *namaskār.* Die vor der Brust gefalteten Hände sind die üblichste Grußgeste in Indien.

4, 3 Einen Mann in der Öffentlichkeit zu sich zu winken ist für eine Frau ungewöhnlich und provoziert Kritik.

Seite 47 *mukta-pathe* aus *sānāi* (1940)

Das Gedicht ist eines der ungewöhnlichsten Liebesgedichte Rabīndranāths. Den Band *sānāi* (Name eines indischen Blasinstrumentes), dem es entnommen ist, hat der 79jährige Dichter ein Jahr vor seinem Tod herausgegeben. Darin sind seine letzten Liebesgedichte gesammelt. Rabīndranāth ist nicht mehr der romantische Liebhaber, der phantasievolle Gefühle schätzt. Jetzt schreibt er knapp, melancholisch, oft enttäuscht, meist in die Vergangenheit blickend.

Mit *Auf Wegen frei und ungebunden* hat der gealterte und kranke Dichter noch einmal ein Liebesgedicht voll Frische und Anmut geschaffen. Das Gedicht ist ungewöhnlich, weil Rabīndranāth die freie, von gesellschaftlichen Konventionen entbundene Liebe der Frau unmittelbar auf sich – das lyrische Ich – bezieht. Rabīndranāth, der selbst ein Leben lang den Normen des bürgerlichen Mittelstandes verpflichtet war, beschrieb dennoch in Kurzgeschichten und Essays mit tiefer Affinität das Leben von bohèmischen Menschen, von Zigeunern und Wanderern.

3 *ausgestoßne:* wörtl. die Kastenregeln brechende (darum ihre Kaste verlierende); geächtete, verfemte (ebenso Zeile 55).

6 *strenge Konventionen:* bezieht sich auf die Beachtung ritueller Vorschriften.

10 *Leute aus höheren Kreisen:* wörtl. Menschen mit »reinen« Körpern, d.h. die vornehmen Leute der oberen Kasten.

14 *innere Wesen – rūp:* Form; natürliche Schönheit (im Gegensatz zum Äußerlichen in Zeile 13: Kleidung und Schmuck).

20 *irdnen Schale:* Symbol der Frau und ihrer guten Eigenschaften.

21 *der Liebe schlichte Spiele:* ohne gesellschaftliche Normen und Konventionen.

23 f. Der Dichter nimmt einen Krug zum Trinken aus der Hand der Geliebten, obwohl er durch diese Berührung rituell unrein wird.

39 f. wörtl. vergesse ich den Weg zur Siedlung der Brahmanen (der Priesterkaste und religiös-gesellschaftlichen Eliteschicht).

41 f. Alle Menschen besuchen den Markt; darum bleiben die Felder unbewacht.

42 ausgelassen: (*ein Körbchen*) auf der Hüfte (*mitgebracht*).

Seite 49 *sphuliṅga 6* (1945)

Dieser posthum erschienene Band trägt alle verstreut aufgefundenen Widmungsgedichte zusammen (wie zuvor in *lekhan*).

Blumen sind in Indien stets Ausdruck von Verehrung für Gott oder geliebte und hochgeachtete Menschen. Man soll nur frische, am selben Morgen erblühte Blumen anbieten.

Seite 50 *sphuliṅga 13* (1945)

Seite 51 *sphuliṅga 24* (1945)

Seite 52 *sphuliṅga 28* (1945)

Zusätze: *scheu*; *der Welt.*
Vergleiche das biblische Sprichwort: »Man soll sein Licht nicht unter den Scheffel stellen.« Auch eine erotische Interpretation ist möglich: Duft symbolisiert die innere, eigentliche Schönheit, die der Südwind einem Liebhaber entdeckt. Der Südwind ist nach indischer Vorstellung der Überbringer von Herzensbotschaften.

Seite 53 *sphuliṅga 106* (1945)

Lieder

Die Quellennachweise beziehen sich auf den Sammelband *gītabitān*. Wenn das Lied außerdem in einem der Gedichtbände erschienen ist, steht dies in Klammern vermerkt.

Seite 57 *prem 59* (1884)

1,1 wörtl. Ich vergehe, ich vergehe – wer hat mich mit seiner Flöte gerufen?
1,2 wörtl. Ich dachte, ich bleibe zu Hause, ich gehe nirgendwo hin.
2,1 Gemeint ist der Fluß Yamunā.
2,3 ausgelassen: im leichten Wind.
3,3 wörtl. ... mit einem Blumenkranz geschmückt.

Seite 58 *pūjā 181* (1887)

3,7 ausgelassen: das ist meine Sehnsucht.

Seite 59 *prem 142* (1888)

2,1 gemeint ist: Findest du kein Gück mehr bei mir.

Seite 60 *prem 248* (*barṣār dine* aus *mānasī*; 1890)

Der Liebende möchte seine Liebe der Geliebten offenbaren. Es regnet, es ist dunkel, es donnert und blitzt, und der Liebende glaubt, es sei der rechte Augenblick für eine Liebeserklärung. In Indien gilt die Regenzeit als die Zeit für die Liebe. Doch kann er seine Scheu, ihr die »zwei kleinen Worte« zu sagen, nicht überwinden. Resigniert meint er, daß er nun bis zur nächsten Regenzeit warten müsse, bis ein solcher günstiger Augenblick wiederkommt.

5,3 *śrābaṇ:* Monat von Mitte Juli bis Mitte August.

Seite 62 *prem 367* (1893)

Die Geliebte spricht zu einer vertrauten Freundin über »ihn«, den Geliebten. Das Lied lehnt sich eng an den Rādhā-Krishna-Mythos an, in dem die hellhäutige Rādhā ständig auf der Suche nach dem dunklen Krishna ist. In diesem Lied hat die Geliebte bisher nur des Geliebten

Flöte gehört, ihn aber noch nicht gesehen. Sie fragt die Freundin, ob sie es wagen darf, nach draußen zu gehen, wo »er« auf den Waldwegen oder unterm Baum vorbeigehen könnte. Nachdem seine Flöte sie schon betört hat, könnte sein wunderschönes, dunkles Aussehen sie vollkommen aus der Fassung bringen. Sie schwankt zwischen Neugier und Furcht und kommt zu keinem Entschluß.

1,4 Zusatz.

2,3 *an den Fluß:* wörtl. an die Yamunā; ausgelassen: o Freundin.

3,6-7 *Jeder, auch er*: wörtl. wer immer auch will.

Seite 63 *prakṛti: barṣā 32* (*gītāñjali 16*; 1910)

1,5 *Pflicht – kāj:* Tätigkeit, Arbeit, Aufgabe, Pflicht.

1,5 f. *hundert:* wörtl. mannigfache, vielerlei.

2,7 *vom Weinen blind:* wörtl. weinend.

Seite 64 *prakṛti: barṣā 94* (*gītāñjali 18*; 1910)

1,1; 2,1 ausgelassen: heute.

1,1 *dichter Regenwolken:* wörtl. der dichten Wolken des (Regenmonats) *śrābaṇ*.

Seite 65 *pūjā 138* (*gītāñjali 28*; 1910)

Das Lied variiert eine Grundsehnsucht der Gottesliebe im Hinduismus: Gottes Schau (*darśan*) zu erfahren. Wie im täglichen Leben der Liebhaber am Tor auf die Geliebte wartet, so auch der Fromme am Tor zu Gott. Der Liebhaber fühlt sich allein gelassen von den klugen und fleißigen Menschen der Welt. Trotz des Überflusses an Leben und Schönheit in der Welt will er nur die Geliebte, Gott.

Seine emotionale Dringlichkeit erhält das Gedicht von den ständig wiederholten, klagenden *āi*-Lauten in den kurzen Reimzeilen. So lauten 1,2 bis 1,4 (im Original nur zwei Zeilen): *dekhā nāi pāi / patha cāi*. Der Höhepunkt 4,4 bis 4,6 heißt *dekhā nāi nāi / byathā pāi.*

2,1 *steh:* wörtl. (am Tor) sitzend.

Seite 67 *pūjā 526* (*gītāñjali 30*; 1910)

2,7 f. Berührung der Füße (*praṇām*) eines Älteren, mit den Händen, ist die traditionelle Geste der Verehrung.

Seite 68 *pūjā* 295 (*gītāñjali* 56; 1910)

1, 2; 1, 7; 2, 8 *an meiner Tür:* wörtl. an der Tür meiner verlassenen Hütte.

2, 1 *Sänger:* wörtl. wertvoller Menschen.

Seite 69 *pūjā* 22 (1910)

Die liebende Sehnsucht nach Gott ist Thema dieses Liedes. Die beiden ersten Strophen kreisen um den Gesang als ein Mittel, den geliebten Gott zu finden. Die zwei letzten Strophen umschreiben das Kommen Gottes, der nah ist, jedoch unsichtbar bleibt.

2, 5 f. wörtl. Auch heute ist diese Blume noch nicht erblüht, nur / ein Wind hat sich erhoben. – Es heißt, daß gewisse Winde (z. B. aus einer bestimmten Richtung) bestimmte Blumen zum Erblühen bringen. Die Bedeutung dieser zwei Zeilen ist also: Noch ist die Blume (Metapher für die Seele) nicht erblüht, doch der Wind (Gott), der sie zum Erblühen bringen kann, weht schon.

3, 6 Zusatz.

4, 1 *Platz – āsan:* Sitzplatz, Ehrenplatz.

Seite 70 *prem* 90 (1910)

Das Lied ist durchgängig im Futur. Auf diese Weise wird die Ansprache eines Liebhabers zu einer Phantasie von der Größe und Macht seiner Liebe.

1, 3 gemeint ist die Tür, die die beiden Liebhaber trennt.

Seite 71 *pūjā* 34 (1913)

In diesem Lied sind Natur und Religion eng aufeinander bezogen. Die liebende Beziehung zwischen Gott und Mensch spiegelt sich in den Ereignissen der Natur wider. Die Natur wirkt entsprechend ihren Gesetzen nur, *damit* die Vereinigung von Seele und Gott möglich wird. Diese kühne Verbindung von Natur und Mensch-Gott-Beziehung ist charakteristisch für Rabīndranāth. In der 3. Strophe fließt sogar Brautmystik ein, wenn der Dichter diese Vereinigung als Hochzeit von Seele und Gott feiert.

1, 4 *voll Zuversicht:* wörtl. erfreut, beglückt.

2,4 f. *Dämmrung/Morgen – uṣā:* Morgenröte, Morgendämmerung; auch als Göttin verehrt.

3,3 *Zeiten:* Zeitalter, Epochen.

3,4 *Hochzeitsteller:* bezieht sich auf den Brauch bei einer Hindu-Hochzeit, einen Teller mit geweihten Gaben (Blumen, Weihrauch, Sandelholzpaste usw.) vor dem Brautpaar rituell kreisen zu lassen, um es auf diese Weise, wie sonst bei Götterstatuen üblich, zu verehren.

3,7 *Herz – parān (= prāṇ):* Atem, Leben, Seele, Herz.

Seite 72 *pūjā 50* (1913)

Seite 73 *prem 189* (1931)

1,2 Die Schaukel als intimer Ort der Liebe gehört zum Rādhā-Krishna-Mythos. Die Schaukelseile sind mit Blumen umwunden.

3,3-4 Schwer übersetzbare Zeilen, die eher andeuten und evozieren, als aussprechen und beschreiben. Wörtl. Du und ich trafen uns wer weiß in welchem großen Augenblick. Das zweimalige bengalische *kī* (*wer* weiß; in *welchem*) gibt der Zeile eine ahnungsvolle Stimmung.

3,7 *Liebesband – rākhī:* Ein Faden, den man um das Handgelenk eines Menschen legt, um ihn oder sie vor Übel zu bewahren. Er wird auch als Glücks-, Friedens- und Liebeszeichen benutzt. Rabīndranāth setzte *rākhīs* als friedensstiftendes Symbol zwischen Hindus und Muslimen ein.

Seite 74 *prem o prakṛiti 95* (*sānāi granthaparicay*; 1940)

3 wörtl. Ich gab ihr keinen Raum.

5 wörtl. Hastig lief ich hinter ihr her.

10 Zusatz.

Nachwort

Zum ersten Mal präsentiert sich in diesem Band die Lyrik des bedeutendsten indischen Dichters, Rabīndranāth Tagore, in deutscher Direktübersetzung im Programm eines angesehenen Literaturverlags. Bisher überwog sein Ruf als »Weiser aus dem Morgenland« und »Mystiker«. Hier wollen wir zeigen, daß er als Lyriker mit seinem breiten Spektrum ungewöhnlicher Stimmungen, Gestaltungen und Themen zur Weltliteratur gehört.

Als Tagore 1913 als erster Schriftsteller außerhalb der westlichen Welt den Nobelpreis für Literatur erhielt, war dies für die kolonisierten Völker wie eine Fanfare. Die Botschaft hieß: Politisch mögen wir unterdrückt sein, kulturell jedoch haben wir eine eigene und bedeutsame Stimme. Rabīndranāth Tagore wurde auf neun großen Weltreisen die Stimme Asiens, des »Ostens«. Er hielt Vorträge über den geistigen Auftrag des Ostens, über die Begegnung von »Ost und West« und trug in der Zwischenkriegszeit entscheidend zur Völkerverständigung bei. Tagore übersetzte seine eigene bengalische Lyrik in englische Prosa, was ihm zu diesem Weltruhm verhalf. Seine Prosa fand in der angelsächsischen Welt weite Verbreitung und wurde zur Grundlage von Übersetzungen in andere europäische Sprachen, einschließlich des Deutschen. Im Deutschland nach dem Ersten Weltkrieg erschien Rabīndranāth Tagore als eine messianische Gestalt, die dem durch die Niederlage im Weltkrieg verarmten und demoralisierten Volk neuen Mut verleihen konnte. Während seines ersten Besuchs, im Jahr 1921, reiste er in einem wahren Triumphzug durch Deutschland. Der bekannte Kurt Wolff Verlag druckte über eine Million Exemplare seiner Werke, sämtlich nach englischen Zwischenübersetzungen ins Deutsche übertragen. Tagore traf große deutschsprachige Zeitgenossen wie den Philosophen Hermann Keyserling, die Schriftsteller Stefan Zweig und Thomas Mann, die Gelehrten Martin Buber, Moriz Winternitz, Paul Natorp und Rudolf Otto sowie den Naturwissenschaftler Albert Einstein. Sein Besuch und seine Botschaft wurden in den Salons und auf der Straße erregt diskutiert. Die einen sahen in ihm einen geistigen Erneuerer und hießen diese Erneuerung durch den Orient willkommen. Die anderen griffen Tagore als gefährlich an, weil seine pazifistisch-kontemplative, milde Art ihnen allzu undynamisch und gerade in einer nationalen Aufbauphase als schädlich erschien. Man verehrte ihn kindlich, weil er aussah »wie der liebe Gott«, verspottete ihn wegen seines langen, dunklen Prophetentalars, empfand Antlitz und die würdige Erscheinung als überaus erotisch, rätselte über den Wert seiner Lyrik, die fremdartig erschien und dennoch eingängig war, die sentenzenhaft und weise wirkte und viel mehr Gefühl anbot, als europäische Dichter einzubringen wagten. Ein Dutzend Jahre rieb man sich an ihm, dann war Tagores Zeit in Deutschland und im restlichen Europa vorbei. Nach 1925 erschienen keine neuen deutschen Übersetzungen mehr, die Wirtschaftskrise zwang Kurt Wolff, seinen Verlag zu schließen. Während der braunen Diktatur, die bald danach hereinbrach, war Tagore tabu und vergessen.

Rabīndranāth Tagore wurde 1861 in Kalkutta als vierzehntes Kind der damals bedeutendsten Kulturfamilie Bengalens geboren. Alle Brüder und Schwestern waren brilliant, vital oder genialisch verrückt. Sein Vater, Debendranāth Tagore, ein besonnener Geschäftsmann und Landbesitzer, bevorzugte ein Wirken als Reformer des Hinduismus und seine Meditationen. Er thronte in dem riesigen Haus im Stadtteil Jorāsānko als Patriarch eines Familienstandes, der mitsamt aller Verwandtschaft und Dienerschaft gut und gerne dreihundert Menschen umfaßte. In diesem Mikrokosmos wuchs der junge Rabi auf – einerseits einsam inmitten so vieler Menschen und ohne die Fürsorge der überlasteten Mutter, andererseits vielfach angeregt und gefördert durch die intellektuell und künstlerisch so lebendige Familie. Hier brachte er seine ersten Gedichte und Lieder zu Gehör, hier schrieb er seine ersten Theaterstücke, die er im großen Hof des Familienhauses aufführte, mit ihm selbst in den Hauptrollen. Hier veröffentlichte er seine ersten Gedichte und Essays in Zeitschriften, die die Familie herausgab. Die dürre Disziplin des Schulunterrichts war seine Sache nicht. Die Schule hat er nie abgeschlossen. Statt dessen genialisierte er, las, schwärmte für die Natur, für ästhetische Genüsse und reiste oft, auch sehr früh schon nach England zu einem halbherzig wahrgenommenen Studium. Mit einer von der Familie eingefädelten Heirat wurde der freiheitssüchtige junge Mann zunächst eingefangen.

Dann schickte der Vater den Dreißigjährigen als Verwalter zu seinen Ländereien ins nördliche Bengalen. Dort lernte er das Leben der armen Bauern in den Dörfern kennen, dort war er einsam und kam zu sich. Sein soziales

Gewissen erwachte angesichts der Not der analphabetischen Landbewohner. Über sie schrieb er nicht nur eine Vielzahl von Kurzgeschichten (die ersten in der bengalischen Literatur!), er organisierte auch die Menschen und bemühte sich um eine bleibende Verbesserung ihres Lebens. Als seine fünf Kinder eines nach dem anderen schulreif wurden, gründete er für sie und andere eine Schule. Darin sollten sie ohne Reglementierung, nämlich in der Natur, durch Spiel und Musik zu freien und verantwortlichen Menschen erzogen werden. Er wollte inspirieren, kein Schulbuchwissen einpauken. Rabīndranāth begann für die Schüler und Schülerinnen Lieder zu schreiben und eigene Theaterstücke einzuüben, die er – ähnlich wie moderne Musicals – mit zahlreichen Lied- und Tanzeinlagen zu kleinen Gesamtkunstwerken gestaltete. Diese Schule gründete er rund 150 Kilometer nördlich von Kalkutta in dem trocken-herben Distrikt Birbhum an einen Fleck, den die Familie bereits besaß und »Sāntiniketan« nannte – Ort des Friedens. Mit vierzig Jahren verlegte Rabīndranāth dorthin seinen Wohnsitz, der bis zu seinem Tod seine Basis bleiben sollte.

Längst war Rabīndranāth zum bedeutendsten Lyriker seines Volkes avanciert. Längst hatte er sich auch, nach der Kurzgeschichte und dem Theater, den Roman erobert. Unruhig und rastlos produktiv, reiste er, hielt Vorträge, beteiligte sich einige Jahre aktiv an dem Befreiungskampf seines Landes gegen die britischen Kolonisatoren und kämpfte als Pädagoge seines Volkes für eine gesellschaftliche Reform auf unterschiedlichen Gebieten: Literatur, Religion, Schulwesen, Kunst, Theater, Landwirtschaft …

Rabīndranāth blieb außerhalb Bengalens nahezu unbekannt. Schlagartig änderte sich dies, als er 1913 den Nobelpreis für Literatur erhielt. Ein einziges schmales Buch verhalf ihm zu dieser Auszeichnung. Erschöpft und krank hatte er während eines Erholungsurlaubs seine eigene Lyrik paraphrasierend in eine lyrische englische Prosa übertragen und setzte diesen Zeitvertreib auf dem Schiff fort, das ihn nach England brachte. Dort und in Amerika wollte er noch einige mußevolle Monate verweilen. Diese Übertragungen zeigte er britischen Freunden, die deren Veröffentlichung betrieben. Das Bändchen, das ein augenblicklicher Erfolg wurde, hieß »Gitanjali«. Wie es in die Hände des Nobelpreiskomitees fiel und warum dieses in seinem Verfasser einen ungewöhnlichen, in seinem Land hochangesehenen Dichter vermutete, bleibt ungeklärt. Ein Jahr nach der Veröffentlichung erkannte es Rabīndranāth Tagore den Preis zu.

Was als Zeitvertreib begann, unternahm Rabīndranāth nun systematisch: die Übersetzung seiner Lyrik. Die Übersetzung von Erzählendem, von Essays und Theaterstücken besorgten Bengalen im Umkreis des Dichters. Zum ersten Mal geschah es, daß ein Dichter von Rang seine eigene Lyrik in eine ihm fremde Sprache übertrug. Diese englischen Prosatexte erzielten ihre Wirkung, doch reichten sie an lyrischer Intensität, an dichterischer Formkraft bei weitem nicht an seine bengalische Lyrik heran. Hören wir dazu Aurobindo Ghosh, genannt Sri Aurobindo, den berühmten Heiligen und Yogi, der selbst Bengale war: »Man muß nur [Tagores] englische Prosa, schön wie sie ist, mit der ursprünglichen Lyrik vergleichen, um zu erkennen, wie viel mit dem Wechsel verloren gegangen ist. Etwas ist mit Erfolg dafür eingesetzt worden, das den englischen Leser befriedigen mag, niemals aber das Ohr oder das Gemüt jenes Menschen, der nur einmal des Sängers magischen Melodien in ihrer angestammten Sprache gelauscht hat.«[1]

Später sollte es Tagore bedauern, daß er sich einer fremden Sprache, die er unvollkommen beherrschte, bediente und durch sie Weltruhm erlangte. Seinem Freund, dem britischen Maler William Rothenstein, schrieb er 1932 selbstanklägerisch: »Manchmal fühle ich mich geradezu beschämt, daß ich – dessen Anspruch auf Größe in unserer eigenen Literatur von meinen Landsleuten anerkannt ist – nicht gewartet habe, bis sie von der Welt draußen in ihrer eigenen wahren Majestät und Umgebung entdeckt worden ist.«[2]

Die Einsicht kam zu spät. Auch Tagore suchte die Anerkennung westlicher Völker und machte ihnen, blind für die schwachen Übersetzungen, ein Werk nach dem anderen zugänglich. Diese Übersetzungen bestimmen bis heute weltweit Tagores Ruf. In England hat mit William Radice eine Ära philologisch adäquater Direktübersetzungen begonnen[3], andere Sprachen sind noch nicht so weit.

Auf seinen ausgedehnten Reisen durch Asien, u.a. nach China und Japan, durch Europa, Nord- und Südamerika, ist Rabīndranāth nicht eigentlich als Lyriker aufgetreten, nicht einmal als Prosaschriftsteller, sondern eher als ein Friedensstifter, als Pädagoge und Philosoph. Die enorme Wirkung, die von ihm ausging, beruhte auf seiner Persönlichkeit, der sich kaum jemand entziehen konnte. Er war bis zum Ende seiner Tage schöpferisch, der Ruhm beeinträchtigte durchaus nicht die Qualität seiner Werke. Im hohen Alter begann er noch zu malen und wurde der Begründer der modernen indischen Kunst. In Sāntiniketan gründete er Viśva-Bhāratī, eine »Welt-Universität«, an der Gelehrte und Künstler aus aller Welt mit ihren indischen Kollegen zum Gespräch zusammentrafen. Zwanzig Jahre lang war Sāntiniketan ein Nervenzentrum der Nation. Im Jahr 1941 starb Rabīndranāth Tagore, achtzig Jahre alt. Tagore war der »Übervater« der modernen bengalischen Kultur geworden, an dem bis heute niemand vorbeikommt, und der Nationaldichter Indiens.[4]

Rabīndranāth Tagore sagte immer wieder, daß er vor allem ein *kabi*, ein Lyriker, sei. Die bengalische Prosa war noch sehr jung, als Rabīndranāth zu schreiben begann. Die »hohe« Literatur wie die Volksliteratur lebten vom Vers, der noch eng an eine Melodie gebunden war. Erst allmählich waren auch Verse entstanden, die man nicht sang, sondern nur rezitierte. Rabīndranāth war durch und durch ein Romantiker. Dennoch gelangen ihm zahlreiche Gedichte von strenger und klarer Prägung: In seiner Dichtkunst fallen Romantik und Klassik zusammen. Seine weltanschauliche Grundhaltung war idealistisch. Als tief religiöser Mensch, der aber keinem Glaubenssystem folgte, fühlte er sich der unitarischen Vision der Upanishaden verpflichtet sowie der lyrischen Liebestheologie des Rādhā-Krishna-Mythos. Er nannte es »die Religion eines Dichters«.

Zeit seines Lebens eroberte er sich fiebrig neue literarische Formen, Stimmungen und Themen. Von seiner Jugend bis zum Totenbett, auf dem er noch Verse diktierte, schrieb er viele tausend Gedichte, die er in rund sechzig Gedichtbänden herausgab. Während seiner gesamten lyrischen Laufbahn schrieb Rabīndranāth Tagore Liebesgedichte. Wir geben in dieser Sammlung Beispiele aus den meisten Phasen seines Schaffens, von der Lyrik des 25jährigen unruhigen Dandys bis zu der des kranken, lebenssatten 79jährigen Dichters. Ein breites Spektrum – Sehnsucht, Tändelei mit erotischen Gefühlen, Überdruß, Enttäuschung, Trauer über verlorene Liebe, Melancholie angesichts des ungestillten Liebesbedürfnisses im Alter und Hymnen auf unsterbliche Liebesverbindungen – spiegelt sich in dieser Auswahl. Ich habe Gedichte und Lieder getrennt, weil sie in ihrem künstlerischen Anspruch und ihrer Aussage zwei distinkte Gattungen darstellen. Rabīndranāth hat über zweitausend Lieder geschrieben und selbst die Melodien dazu komponiert. Es sind Kunstlieder (Rabīndra-Sangīt), die sich aus der indischen Musik entwickelt und dann einen eigenen Charakter angenommen haben. Sämtliche Lieder sind in dem über tausendseitigen Werk *gītabitān* gesammelt und nach Themen geordnet. Die wichtigen Kapitel heißen: religiose Lieder (*pūjā*), Liebeslieder (*prem*), Naturlieder (*prakṛti*), wozu auch die jahreszeitlichen Lieder gehören, und schließlich die bestimmten Festen zugeordneten Lieder.

Es ist naheliegend, für diesen Band nur aus dem Kapitel der Liebeslieder auszuwählen. Das Quellenverzeichnis hinten verweist jedoch auf mehrere Beispiele religiöser Lieder. Warum? Eine große Anzahl von Liedern erhält ihre

Inspiration aus dem Rādhā-Krishna-Mythos. Krishna ist der schöne Götterjüngling, der am Ufer des Flusses Yamunā auf der Flöte spielt – meist in der Nacht, oft während der Regenzeit. Das arme Milchmädchen Rādhā wird von den Tönen aus der Ferne betört und geht auf die Suche nach Krishna. Oder sie wartet, daß er sie, wie versprochen, in ihrer Hütte besuchen werde. Dieses höchst erotische Spiel der Sehnsucht, des Lockens und Wartens ist ein immer wieder variierter Topos der indischen Literatur. Einmal ist, tief verinnerlicht, Krishna ein Symbol für Gott und Rādhā und ihre Gespielinnen sind die Symbole für die suchende Seele; dann wieder verkörpern sie sehr sinnliche menschliche Beziehungen. Rabīndranāths Lieder schwanken geheimnisvoll zwischen Vergeistigung und Eros. Das angeredete »du« mag eine geliebte, begehrte Frau oder ein Geliebter sein – ebenso aber auch die göttliche Rādhā oder der göttliche Krishna. Meist bleibt es bewußt unklar, ob Mensch oder Gottheit gemeint sind. Darum ist eine klare Trennung von religiösem und Liebesgedicht unmöglich. Anders gesagt: auch das religiöse Gedicht ist meist ein Liebesgedicht.

Wir haben jene Lieder ausgewählt, die als Texte für sich stehen können und in ihrer Wirkung nicht wesentlich von dem emotionalen Appell der Melodie abhängen. Tagores Liedgut besitzt eine geringere Themenbreite als die Gedichte. Die Lieder variieren traditionelle Bilder und Gefühlsreflexe und mythische Erzählelemente. Dem indischen Zuhörer sind sie wohlbekannt, uns fremd und darum um so reizvoller. Bewußt habe ich unter den Gedichten auch drei Beispiele aus dem Band *śiśu* (Kleinkind) ausgewählt (S. 19-23), der die Liebe zwischen Mutter und Kind lyrisch evoziert.

Ein Grundtenor bei den Gedichten wie den Liedern ist das kosmische Bewußtsein. Uns Europäern fremdartig anmutend, schenkt es unserem ausgelaugten Begriff der Liebe eine frische Dimension: Liebe ist nach indischer Auffassung ursprünglich und grundsätzlich ein (göttlicher) Energiestrom, der das Universum durchfließt, ist also eine apersönliche Kraft. Jede persönliche Liebe von zwei Menschen schöpft aus dieser Liebesenergie und strebt in der Liebesvereinigung zu ihr zurück.

Ich hoffe, die Übersetzungen in diesem Band vermitteln überzeugend Rabīndranāth Tagores Persönlichkeit wie auch die Weise, in der der indische Genius Liebesverlangen und Liebeserfüllung in Worte faßt. Seit Ende 1979 wohne ich in jenem Sāntiniketan, in dem Rabīndranāth von 1901 bis zu seinem Tod lebte. An seiner Universität habe ich studiert, hier habe ich Bengalisch gelernt und schon sehr früh begonnen, mich mit seinen bengalischen Gedichten und Liedern zu beschäftigen. Hier sind auch die vorliegenden Gedichtübersetzungen entstanden.

Sāntiniketan, im Dezember 2003 *Martin Kämpchen*

1 Aurobindo Ghosh: On Tagore. In: The Golden Book of Tagore. Hrsg. von Ramananda Chatterjee. The Golden Book Committee, Kalkutta 1931, S. 91.

2 Imperfect Encounter. Letters of William Rothenstein and Rabindranath Tagore. Hrsg. von Mary M. Lago. Harvard University Press, Cambridge, Mass. 1972, S. 346.

3 Rabindranath Tagore: Selected Poems. Aus dem Bengalischen übersetzt von William Radice. Penguin Books, Middlesex 1985. Das Buch wird bis heute immer wieder neu aufgelegt.

4 Wer mehr über Tagores Leben erfahren möchte, lese: Martin Kämpchen: Rabindranath Tagore. Bildmonographie 50399. Rowohlt Verlag, Reinbek 2002 (3. Auflage).

Die schönsten Liebesgedichte der deutschen Literatur

Die schönsten Liebesgedichte

Ausgewählt von Günter Berg
it 2827. 128 Seiten

Joseph von Eichendorff · Liebesgedichte

Ausgewählt von Wilfried Lutz
it 2821. 128 Seiten

Heinrich Heine · Liebesgedichte

Ausgewählt von Thomas Brasch
it 2822. 96 Seiten

Rainer Maria Rilke · Liebesgedichte

Ausgewählt von Vera Hauschild
Mit einem Nachwort von Siegfried Unseld
it 2823. 112 Seiten

Bertolt Brecht · Liebesgedichte

Ausgewählt von Werner Hecht
it 2824. 128 Seiten

Johann Wolfgang Goethe · Liebesgedichte

Ausgewählt von Karl Eibl
it 2825. 128 Seiten

Hermann Hesse · Liebesgedichte

Ausgewählt von Volker Michels
it 2826. 128 Seiten

NF 74/1/10.02

Novalis · Liebesgedichte

Ausgewählt von Gerhard Schulz
it 2874. 112 Seiten

Annette von Droste-Hülshoff · Liebesgedichte

Ausgewählt von Werner Fritsch
it 2876. 144 Seiten

Paul Celan · Liebesgedichte

Ausgewählt von Joachim Seng
it 2945. 128 Seiten

Anna Achmatowa · Liebesgedichte

Ausgewählt von Olaf Irlenkäuser
it 2946. 128 Seiten

Alexander Puschkin · Liebesgedichte

Ausgewählt von Rolf-Dietrich Keil
it 2968. 144 Seiten

William Shakespeare · Liebesgedichte

Ausgewählt von Jutta Kaußen
it 2987. 128 Seiten

Rabindranath Tagore · Liebesgedichte

Ausgewählt und aus dem Bengalischen
übertragen von Martin Kämpchen
it 2988. 112 Seiten

NF74/2/10.02

Die schönsten Liebesgeschichten der deutschen Literatur

Geschichten von der Liebe

Ein Lesebuch · Ausgewählt von Heike Ochs
it 2891. 208 Seiten

Johann Wolfgang Goethe · Liebesgeschichten

Ausgewählt von Hans-Joachim Simm
it 2892. 144 Seiten

Heinrich von Kleist · Liebesgeschichten

Mit einem Nachwort von Klaus Müller-Salget
it 2893. 176 Seiten

Rainer Maria Rilke · Liebesgeschichten

Ausgewählt von Vera Hauschild
it 2894. 112 Seiten

Marie Luise Kaschnitz · Liebesgeschichten

Ausgewählt von Elisabeth Borchers
it 2895. 144 Seiten

Hermann Hesse · Liebesgeschichten

Ausgewählt von Volker Michels
it 2896. 192 Seiten

Robert Walser · Liebesgeschichten

Ausgewählt von Volker Michels
it 2897. 160 Seiten

NF 75/1/10.02

»Geschenkbücher«

Anthologien
im insel taschenbuch

Bäume. Von Hermann Hesse. Mit farbigen Fotografien von Pieter Jos van Limbergen. Ausgewählt von Volker Michels. it 2378. 178 Seiten

Bäume. Das Insel-Buch der Bäume. Gedichte und Prosa. Ausgewählt von Gottfried Honnefelder. Mit farbigen Abbildungen. it 1041. 286 Seiten

Blütenzauber. Die schönsten Blumengedichte. Ausgewählt von Gesine Dammel. Mit farbigen Fotografien. it 2422. 96 Seiten

Für immer und ewig. Das Buch für Paare. Ausgewählt von Günter Stolzenberger. it 2819. 250 Seiten

Frische Feigen. Ein literarischer Früchtekorb. Gepflückt von Hans Ulrich Hirschfelder. it 2646. 181 Seiten

Das Gartenbuch. Gedichte und Prosa. Ausgewählt von Hans Bender. Mit farbigen Fotografien. it 1803. 273 Seiten

Gute Besserung. Geschichten und Gedichte zum Gesundlesen. Ausgewählt von Günter Stolzenberger. it 2781. 205 Seiten

Jeder Morgen will Abend werden. Betrachtungen über die Vergänglichkeit. Ausgewählt von Herbert Schnierle-Lutz. it 2693. 196 Seiten

Die Kunst des Schlafens. Ausgewählt von Günter Stolzenberger. it 2657. 270 Seiten

NF 72/1/4.03

Das Leben lieben. Ausgewählt von Rainer Weiss. it 2634. 160 Seiten

Die Lust am Rauchen. Geschichten und Gedichte vom blauen Dunst. Mit zahlreichen Abbildungen. Ausgewählt von Mario Leis. it 2956. 250 Seiten

Meer in Sicht. Geschichten von Wellen, Wind und weiten Stränden. Ausgewählt von Günter Stolzenberger. it 2931. 250 Seiten

Die Rose. Herausgegeben von Beatrix Müller-Kampel. Mit farbigen Fotografien. it 2619. 179 Seiten

Rot oder weiß? Geschichten vom Wein. Herausgegeben von Susanne Gretter und Hans-Ulrich Müller-Schwefe. it 2957. 240 Seiten

Die schönsten Gutenachtgeschichten. Zum Vorlesen vor dem Einschlafen. Ausgewählt von Günter Berg. it 2887. 180 Seiten

Tage des Glücks. Lesestoff für schöne Stunden. Ausgewählt von Simone Frieling. it 2797. 191 Seiten

Träume sind wahr. Gedanken zur Nacht. Ausgewählt von Rainer Weiss. it 2737. 176 Seiten

Von der Versöhnung. Texte zum Nachdenken. Ausgewählt von Hans-Joachim Simm. it 2779. 160 Seiten

NF 72/2/4.03